曹雪松文集

CAO XUE SONG WEN JI

曹雪松 著

敦煌文艺出版社

图书在版编目（C I P）数据

曹雪松文集 / 曹雪松著. -- 兰州 ：敦煌文艺出版社，2017.8(2024.1重印)
ISBN 978-7-5468-1280-9

Ⅰ. ①曹… Ⅱ. ①曹… Ⅲ. ①中国文学－当代文学－作品综合集 Ⅳ. ①I217.2

中国版本图书馆CIP数据核字（2017）第132439号

曹雪松文集
曹雪松　著
责任编辑：侯君莉
装帧设计：张　林

敦煌文艺出版社出版、发行
地址：(730030)兰州市城关区读者大道 568 号
邮箱：dunhuangwenyi1958@163.com
博客（新浪）：http://blog.sina.com.cn/lujiangsenlin
微博（新浪）：http://weibo.com/1614982974
0931-8773084(编辑部)　　0931-8773235(发行部)

三河市嵩川印刷有限公司印刷
开本 720 毫米 × 1020 毫米　1/16　印张 15.75　插页 2　字数 212 千
2017 年 11 月第 1 版　2024 年 1 月第 2 次印刷

ISBN 978-7-5468-1280-9
定价：58.00 元

(六)解放后我的工作、写作和目前以及今后在创作上的努力

1949年，大中华公司由于停顿，无收入，我的生活成问题。解放初，我与张君（解放前他在大中华公司担任[illegible]）及其友人沈[illegible]、戴竹南等人从事编写电影连环画稿，投入商务，又在五马路中央书社[illegible]等出版[illegible]维持生活。1950年春初由戴竹南向文管会登记[illegible]出面组织群众剧团，职演员都是由我招揽电影戏剧界中人（如张[illegible]、白[illegible]、石[illegible]等，现均上海[illegible]）大家按股拆帐，均系自编自演。春节后，在[illegible]先后公演"[illegible]"和"[illegible]"等剧，日夜[illegible]。二个月后，亏[illegible]，无法维持而结束。

我在从事写作，已到年底，完成《[illegible]史字[illegible]手册》（[illegible]书局出版）、《[illegible]的电影》（商务印书馆出版）

1951年秋，由友人[illegible]介绍，入[illegible]中学任历史教员。我担任[illegible]学目，参加了[illegible]。抗美援朝中，为了[illegible]，我编写了三幕话剧《[illegible]》，[illegible]，大家[illegible]，起到一定作用。[illegible]中学把我[illegible]（[illegible]中学[illegible]），但[illegible]。

1953年[illegible]编写"中国[illegible]文学史[illegible]"，1954年又编写"[illegible]课计划"，两[illegible]由[illegible]印发给中学[illegible]参考。

在教工文娱会演中，我曾在短期内写了"一定要解放台湾"的六幕话剧。参加市区1954年会演，获得优秀奖和[illegible]奖。

一九五六年三月十一日 曹雪松

曹雪松先生手迹

前言

Preface

2016年4月在微信朋友圈看到朋友转发的一篇题为《曹雪松：一位被彻底遗忘的全能型文化人》的文章，这位名叫“雕刻时光”的网友，前不久在旧书市场淘到一本曹雪松20世纪30年代写的小说《诗人的书信》，进而关注曹雪松。这篇微信文章，真的是“一石激起千层浪”，拉开了我们寻找曹雪松文艺作品的序幕。寻找曹雪松的过程，使我们看到一位爱国知识分子坎坷而丰富的人生经历：

一位深受中国共产党领导的新文化运动的影响、活跃在20世纪20年代文坛、著作颇丰的青年作家；

一位在20世纪30年代写了10多部电影，主演了6部喜剧片，在电影从无声走向有声、走向繁荣的年代，奉献了创作和表演的电影人；

一位与著名音乐家冼星海，著名作曲家沙梅合作歌曲，写下为劳苦大众呐喊的歌词作家；

一位在抗战时期，编写并导演了多部宣传全民抗战的话剧，先后在长沙、重庆、贵阳、汉口等地上演；

一位在建国初期，满怀对新中国的热爱，

编写和导演了反映抗美援朝的话剧。

一位在20世纪50年代被错划为“右派”，孤身生活的中学教师；

一位在“文革”后重新拿起笔，倾其心血写下电影剧本《杨贵妃》的坚强老人。

他一生热爱文学，钟情电影，孜孜不倦，并为之奋斗终生。即使身处逆境中，仍不忘初心，让生命的跳动停止在电影剧本《杨贵妃》的唯美诞生中。

在他的身上，我们触摸到平凡人生的感动，像他在银幕上演的“小陈”，卑微着，挣扎着，刻下了一个时代的幽默背影。在浩瀚的文学海洋里，有他充满激情跃起的那朵浪花，难忘而美丽。

曹雪松的作品留在了新文学史上，曹雪松的身影留在了上海20世纪30年代家喻户晓的电影银幕上。历史没有忘记他，热爱文学的青年一代没有忘记他。他的学生和朋友深情地写下了回忆他的文章，他的后代为纪念他、告慰他，全力编写这本珍贵的文集。

曹雪松的主要文艺作品以及晚年创作的电影剧本《杨贵妃》，将随着这部文集的出版，在国内各省市图书馆和网上书店与广大读者见面。

编　者

Contents 目录

1/诗歌、散文、小说

诗歌

散文

小说

目录 Contents

2/电影剧本、演出、插曲及其他

3/丁丁、曹雪松合编新诗集《恋歌》

Contents 目录

附 录

编 后

（曹雪松）原名曹锡松，改名曹雪松（署见1925年10月24日上海《民国日报·觉悟》，发表《什么是自由恋爱》）。著《心的惨泣》，1929年大东书局出版，为徐志摩主编的“新文学丛书”之一，收小说《离家》等3篇；《诗人的书信》，1933年现代书局出版，系书信体长篇小说；《火榴》，1928年上海尚志书屋出版，据苏联电影《党人魂》（即《伏尔加船夫》改写），笔名雪松（见《民国日报·觉悟》）1925年12月31日发表《漂泊者挽歌》，凤凰、江峰（见《夜莺》杂志）。事迹参见1984年3月《抗战文艺研究》。

——《中国近现代人物名号大辞典》

浙江古籍出版社出版2005年1月第1版

1

诗歌、散文、小说

诗歌

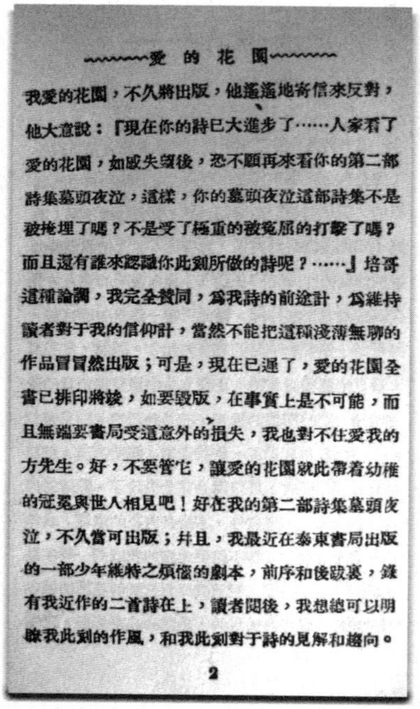

~~~~~~爱的花園~~~~~~

我爱的花園，不久將出版，他遙遙地寄信來反對，他大意說：『現在你的詩已大進步了……人家看了爱的花園，如感失望後，恐不願再來看你的第二部詩集墓頭夜泣，這樣，你的墓頭夜泣這部詩集不是被掩埋了嗎？不是受了極重的被冤屈的打擊了嗎？而且還有誰來認識你此刻所做的詩呢？……』培哥這種論調，我完全贊同，爲我詩的前途計，爲維持讀者對于我的信仰計，當然不能把這種淺薄無聊的作品冒冒然出版；可是，現在已遲了，爱的花園全書已排印將竣，如要毀版，在事實上是不可能，而且無端要書局受這意外的損失，我也對不住爱我的方先生。好，不要管它，讓爱的花園就此帶着幼稚的冠冕與世人相見吧！好在我的第二部詩集墓頭夜泣，不久當可出版；并且，我最近在泰東書局出版的一部少年維特之煩惱的劇本，前序和後跋裏，錄有我近作的二首詩在上，讀者閱後，我想總可以明瞭我此刻的作風，和我此刻對于詩的見解和趨向。

2

《爱的花园》1927 年 12 月上海群众图书公司刊行，1935 年 9 月再版。

1935 年版《爱的花园》插图
~~~~~~

郑振铎序言

近来许多人对于新诗的成功，似乎有些怀疑了。连向来努力于新诗的作家，对于旧的恋慕也似乎一天天深挚起来。有许多人便真的放弃了新的途径，重复向旧的坟墓中走去。这不是很可悲观的现象吗？不，不！我们相信新的诗径是不错的，是终于要成功的，是终于要在中国的文学史上画一个光明的时期的！让他们旧的走旧的路，怀疑的去唱他们自己的挽歌，我们是要向光明走去的！不管新诗的作者是如何的幼稚，我们总抱着乐观，期待着他更远大的成就。他们这条路已经走得不错了，所缺乏的只是艺术的修养或豪放的热情而已。伟大的新人一出现，一切的怀疑与踌躇便都要冰融雪消了。

曹雪松君是我去年才认识的朋友，他对于一切的文艺，都很热心。他常常登台演剧，也常常以他自己的经验写作新诗，最近成了这一册诗。我读了他这一册诗，感受到他的青春奔放的热情与他的过去的有趣生活。虽不敢说在这一册诗集里他已经成就了伟大的成功，然而成功的希望是很诚挚地等候在前途了。

什么人向光明走去的，终将达到了光明之境。雪松只要努力走去！

1926年3月9日

刘大白序言

一年以来，不大作——这不大作当中，有几分是因为不愿，有几分是不敢——诗了。即使偶然写几句，也有点不愿发表，不敢发表。不愿的原因，纯然是自动的，我也不愿说给别人听；至于不敢，或许有几分是他动的。然而在我的自觉上，还认为是自动的不敢。我以为像我们这种放脚式的新诗，处处都带着传统的气味，是无可否认的。如果新诗坛中，老是充满这种半新不旧的东西，未必会得到什么进步。不但得不到进步，而且也许会阻碍进步的。这就是我在自觉上认为不敢作和不敢发表的原因了。

我一面有作和发表的不敢，一面却希望一般青年诗人有作和发表的敢。青年诗人，多数不曾受过旧诗词的薰习；而且他们有新鲜的头脑，可以把他们的新情绪、新意境，用新形式表现出来，而成为真正天足式的新诗。这虽然不是咱们所希望的新诗的极致，然而要达到咱们所希望的极致，这条路也许是必由的。所以我希望能够用新形式表现新情绪新意境的青年诗人们，敢作，敢发表！

近来有些自命为能作深厚有聊的新诗的诗人们，往往喟然叹道：“新诗之所以被反动派所攻击，正因为一般浅薄的青年们多作而且多发表无聊的新诗，把个诗坛糟蹋得芜秽不堪，以致空穴来风。”于是板起面孔来，大骂青年诗人，苛刻地把他们骂得一钱不值。我觉得这种态度是很不对的。青年诗人们未曾十分成熟的作品，诚然是幼稚的，诚然是难免疵瑕的。然而咱们对于这些后起之秀，于指出疵瑕之外，似乎还应该有一种诱掖奖劝的责任，以鼓励他们作和发表的敢，而使真正天足式的新诗，达到繁荣成长之境。因此，我对于青年诗人作品的态度，是“宁恕毋苛”。

曹雪松君，是一位青年诗人。他的新诗集《爱的花园》，能用较新的形式，表现他较新的情绪和意境。虽然间或难免疵瑕，然而这是不足虑的。曹君正在少年，前途未可限量；将来学力猛进，自然能洗尽疵瑕而进于完善。他的诗中，充满了青年热烈的爱。他能将青年热烈的爱，赤裸裸地、毫不隐瞒地表现出来，这一点尤其足使咱们认识他的新鲜的头脑。

1925 年 11 月 6 日，刘大白于江湾

爱的花园

啊啊！我何等的愉快，何等的欢乐呀！
在明媚的春光温和而柔软的春风里，
踯躅彷徨在迷惘之途上的孤独的我，
今天居然也走进这座美丽的爱的花园！

园里的楼阁亭榭是如此的如此的美丽，
遍地的花卉草木是如此的如此的鲜艳；
善于歌唱的小鸟，乐于跳舞的小虫，
是美丽活泼到比什么也都美丽活泼！

那开满白如雪花的百合花散出的馨香，
和紫得比紫丁香还紫的紫罗兰的馥郁，
红得像战士剑上的血的玫瑰花的芬芳，
醺醉得我如在幽静甜妙的梦境里一样。

并且，我的艳丽的如安琪儿似的爱人，
也正在那蔷薇丛中编着花圈来欢迎我；
当我如野鹿一般地奔向伊的身畔，
伊便把奉献我的花圈戴在我的颈上。

我用我的为热情而颤抖的双手，
抱住伊纤纤的如柳条般的腰儿；
伊把伊比胭脂还红葡萄还甜的芳唇，
贴近我的嘴边和我行甜蜜的接吻礼。

靠身旁一湾爱河里的汩汩的流水声，

比叮叮当当的钢琴声还要好听，
比彬彬淋淋的琵琶声还要好听；
声声像是在那诱惑我们去和它亲近！

于是，我们脱了我们身上所有的衣服，
赤裸裸地并肩联臂走入爱河里去沐浴；
晶莹的澄澈的柔波争来和我们亲吻，
双双的比目的鲽鱼也来和我们嬉戏。

我们浴罢即虔虔诚诚地去参拜爱神，
并且，我们在这圣洁的爱神的宝座前，
齐着步伐如蜻蜓拨水蛱蝶穿花似的，
袅袅娜娜翩翩跹跹不住地轻歌曼舞了！

温柔的风嘻嘻吁吁吹在繁华的枝头上，
宛似为我们奏着美妙的清脆的舞蹈曲；
绿杨荫里碧柳深处的叽叽喳喳的鸟声，
宛似为我们唱着婉转的甜蜜的赞美歌！

啊啊！现在，我们的灵肉都已沉醉了，
沉醉在这自然的和爱的音乐声中了！
尘寰中的悲哀呀，人世间的苦闷呀，
却不知到哪里去了，不知到哪里去了？

绿意

——赠某女郎

红的葡萄酒我已喝醉，
我如珠的歌喉，
已唱不出甜美的快乐之歌；
我如狂的灵魂，
已深深地浸没在血海里。

仰首，只看见鲜红的流霞飘荡，
俯耳，只听见澎湃的血潮奔放；
啊，浅嫩的鲜花也无踪无影，
清淡的“绿意”更到何处去相寻？

啊，我往日所爱恋的“绿意”呀，
你叫我到何处来相寻？
告诉我：你究竟在什么地方？
是在渺渺的清淡的湖心中，
还是在飘飘的轻盈的碧空里？

假使在清淡的湖心中呀，
我定要变一朵银色的小浪花，
由这圈波纹里跳入那个涛头里，
由那个涛头里更钻入那个波纹里，
跳跳钻钻一直跳钻到湖心，
寻到了我心爱的“绿意”为止。

假使在轻盈的碧空里呀，

我定要跪着恳求风姨，
允许我附在伊的翅上，
飞过了林梢，飘入了云霄，
飞飞飘飘一直飞飘到碧空，
寻到了我心爱的“绿意”为止。

当我未喝红的葡萄酒时，
在阳春三月的丽日里，
芳树都披上嫩绿的风披，
群花也放出新嫩的香气，
我曾如痴如梦般，
躺在绿茵铺满的芳草地上，
下视绿波湛湛的春水的流动，
上看绿意丝丝的柳条的飘拂。
那时，啊，在那里那时呀，
我曾用我如珠的歌喉，
唱过甜美的快乐之歌！

当我未喝红的葡萄酒时，
在凉秋七月的深夜里，
碧空中没有一些些的云翳，
大地上也无一息息的声响，
我也曾悠悠地驾着一叶扁舟，
用桨儿一波波一浪浪地划到湖心，
上看万顷浩波的如碧琉璃般的天空，
下视一色淡绿的如电灯光般的湖水。
那时，啊，在那里那时呀，
我也曾用我如珠的歌喉，
唱过甜美的快乐之歌。

只是，如今呀，
盈盈的一杯红葡萄酒，
刚刚才喝上了几口，
我的身儿先已醉倒，
我的灵魂也已麻木，
我的歌喉也已嘶哑，
回首看“绿意”，
更不留些微痕影！

啊，我往日所爱恋的“绿意”呀，
你叫我到何处来相寻？
告诉我：你究竟在什么地方？
是在渺渺的清淡的湖心中，
还是在飘飘的轻盈的碧空里？

1925年12月27日，于上大

归乡

晚鸟负着煊红的残霞归隐，
黄昏拖着玄色的长裙飞行；
我胸腔中满怀着悲羞酸辛，
暗淡地偷上归乡的路程。

我要把路程如丝般抽长，
免惹我母亲即时见了心伤；
但不停流的时间不肯相让，
不久终于把我送到家乡！

莫看我瘦比黄花的面容，
莫想我海滨飘零的苦痛；
母亲！不求你怜悯，但求你怨恨，
好使我不孝的罪恶稍稍减轻。

什么凯旋，什么衣锦还乡，
当初美丽的黄金般的梦想，
而今都如轻烟在空幻中飘荡。
忆起前情呀，禁不住眼泪汪汪！

海的歌声

点点的银色海鸥在天空优游地翱翔，
闪闪的白色浪花在水面朵朵绽放；
啊，我久所渴慕着想见而终未见到的海面，
如今果然如梦般亲切地呈现在我的眼前。

海的伟大海的壮丽，已把立在海滨的我忘记。
任凭海潮频频打击我足下所踏着的岩石，
任凭飞溅起丝丝如细碎的雪片般的浪花，
怎样湿透我全身的衣襟，但是我也毫不动心！

记得前年三月三日凄清的深夜的幽梦里，
在这个金汁奔流银浪纷飞的雄伟的海滨，
曾找到我十年相思如一日的拜伦的精灵，
曾看见我一生敬仰唯此人的雪莱的诗魂！

现在，日光黯淡黄沙飞，海景梦影两相似，
只是找不到拜伦的精灵，寻不着雪莱的诗魂！
啊，我恨不得叫海天飞翔的鸥鸟来背着我身，
钻入那波心海底去听我们诗祖的海的歌声！

凄凉

散步在荒芜的郊野里感到凄凉，
漫游在清丽的花园里感到凄凉；
落花成阵的暮春三月感到凄凉，
金风飘香的中秋佳节感到凄凉；
呀，滚滚的人海茫茫的宇宙中，
到处都是凄凉，到处都是凄凉！

当我如花的爱人儿未弃我之前，
我曾把我这颗冰样凄凉的心儿，
安放在伊软绵的语声温热的泪泉中；
当我活泼泼的小妹妹在生之时，
我更把我这颗冰样凄凉的心儿，
寄迹在伊浅嫩的微笑烂漫的天真里。

春光阑珊红雨缤纷的凄凉时节，
我的爱人儿常拾起飘残的薄命梨花，
含着酸泪吻了复吻又再转给我吻，
在花片上斑斓的点点泪影吻痕中，
密织着我纷乱的凄然心意；
但这心意在无形中却能找到同情！

秋意深湛落叶飞零的凄凉时节，
我小妹妹常在银光泻照的幽林中，
吹着呜呜的箫儿像那幽泉淙淙，
唱和着的更有满林唧唧的秋虫，
在清冷的箫声里吹出我冰凉心情；

但这心情在无形中却能感到欢欣！

然而，现在我爱人儿已离得我远远，
我小妹妹幽冷的坟头上也黄花开遍；
踏尽了往日旧游的郊野园林，
也找不到一丝凄凉中的欢情！
过去的景影，都已变成天空片片幻云，
回忆旧情，唯有静静地痛哭伤情心！

散步在荒芜的郊野感到凄凉，
漫游在清丽的花园里感到凄凉；
落花成阵的暮春三月感到凄凉，
金风飘香的中秋佳节感到凄凉；
呀，滚滚的人海茫茫的宇宙中，
到处都是凄凉，到处都是凄凉！

撷花遗所爱

软软而醉人的春风，
吹绿了溪梢头的柳条；
绵绵而细碎的春雨，
洒红了假山上的桃花。

柳条千点绿，
桃花万点红。
溪稍头，假山上，
红绿相间好风光。

红绿相间好风光，
一个艳装少女来欣赏，
——当微风初停时，
当细雨初过后。

一弯眉黛细柳条，
粉红面颊胜桃花；
天上嫦娥，人间西施，
也比不上她的美丽！

她纷扬着散乱的云发，
飞飘着轻软的衣裙，
行舟似的，游鱼似的，
轻轻地穿过柳荫至桃花下。

桃的红，颊的红，

红在一起红更红；
花的香，人的香，
香在一起香更香。

她敏捷地点起足跟，
轻快地举起她的柔荑；
拣花朵盛开的枝头上，
采撷了一束新放的鲜艳的花朵。

采撷了一束新放的鲜艳的花朵，
仿佛在海畔拾得珍珠一样宝贵，
仿佛在地下掘得宝藏一样稀奇，
她面上现出无限的快乐与欢喜！

在晚风初起夕阳斜照时，
她笑容满面得意扬扬的，
沿着九曲栏杆，踏着碧丝浅草，
向林的深处姗姗地行去。

风儿拂着柳条，拂着桃花，
息息鲜鲜地发出清脆的音乐；
黄莺儿依着节奏唱着欢送歌——
欢送她去会她的情哥！

满园的落花

一夜北风起，
满园花落尽；
非特无人来过问，
连那寻芳的粉蝶，
也不再到这里来和她亲近；
嗡嗡的蜜蜂，
也不再到这里来和她欢吻。

可是，花落无人问，无物亲，
这原是用不着伤心；
最可叹，
只是那号称仁慈的一阵阵的朝雨，
面上虽挂着“滋育万物”的黄金字，
到终却还把它花花朵朵地，
打得深深地陷入污浊的泥泞里！

啊！安得多情的黛玉再生？
用锦囊收着你的艳骨，
筑一个香塚把你埋殡！
又安得多才的梦霞复活？
靠庭畔挖成一个小小的洞穴，
把残英片片瓣瓣地葬尽！

唉！满园的落花呀！
你何不幸生长在这个时代？
又何不幸飘落在这园里？

你去，
你快寻那多情的黛玉去；
你去，
你快寻那多才的梦霞去！

爱情

从前我的爱情，
好像是空中的千万根游丝，
到处飞舞，到处飘扬！
只要逢着一个年轻的姑娘，
便丝丝缕缕地把她缠住了。
可是，自遇着美丽的你后，
我的爱情便有了真正的归宿，
却不像前日般逢人便施了。

哟，我的唯一的爱人呀！
如今我愿把我胸腔中所有的
比火还热比海还深的爱情，
统统地赠给你一个人。
凭她艳绝丽绝的王嫱再生，
娇绝嫩绝的貂蝉复活，
我也不愿分一丝一毫给她，
的确的，我也不愿分一丝一毫给她！

读《西厢记》“酬韵”后戏作

月儿明，花儿香；
月明花香，
如花的人儿步回闺房。
剩下的，
是她的兰麝幽香，
带去的，
是我的灵魂心肠！
可怜我踮起脚尖儿远望，
早不见那可憎[①]模样，
但闻得环佩响叮当！

①“可憎”系反语，实为可爱之极。

送莺莺归去[①]

花有香，
月有阴，
夜阑更深万籁静，
我送爱人儿转家门。
送至香阶下，
执手话衷曲，
我的泪珠儿如泉涌，她的娇声儿似莺啼！
猛抬头，
晓光已朦胧，
寺钟也叮咚，
千不忍，万不忍，
到此也不得不分手！

① 戏代张生作。

散文

《心的惨泣》1929 年 7 月大东书局出版，“新文学丛书”之一。

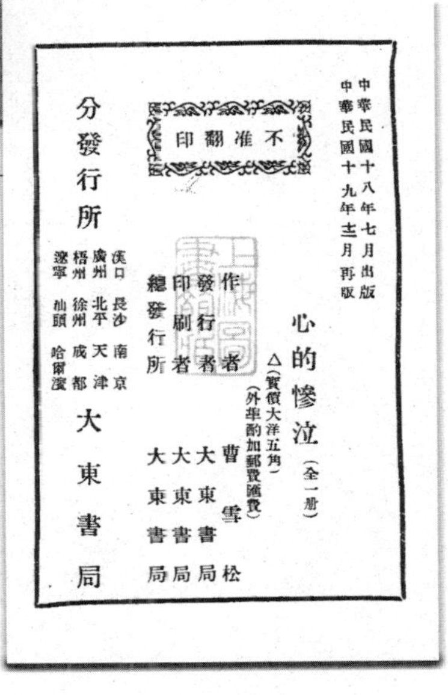
中華民國十八年七月出版
中華民國十九年十二月再版

心的慘泣（全一冊）
△（實價大洋五角）（外埠酌加郵費匯費）

不准翻印

作者 曹雪松
發行者 大東書局
印刷者 大東書局
總發行所 大東書局

分發行所 漢口 長沙 南京 廣州 北平 天津 梧州 徐州 成都 遼寧 汕頭 哈爾濱 大東書局

1930 年 12 月再版

献　词

母亲：

你给我的爱太伟大了，我近来时常想送一点礼物给你，一方面表达我对于你的热爱，一方面算是我报答你的恩意。但我想来想去，终想不到能有表达我这两种意义的礼物。

啊，母亲，我是流浪到什么也没有的人，我是穷困到什么也当光什么也卖尽的人！只有这几篇小说，可怜！只有这几篇浅薄的小说，算是我唯一的所有物！我想起它的初生期，我真有些不忍说！母亲，它尽是你儿子在最伤心的时候用一滴滴的眼泪所写成的！它尽是你儿子在追忆着伟大的母爱的时候在心底所发出一声声苦弱的惨泣！现在，啊，我至敬至爱的母亲，现在我愿把它奉献给你，母亲，我揩干眼泪，含着惨笑，把这本薄薄的小册子，把我这点自视为珍贵的唯一的所有物，至诚地奉献给你，说：

“母亲，你请收着吧，这是你可怜的贫弱的儿子所赠给你的一颗赤诚的心！”

你的儿子雪松写于 1928 年 6 月 19 日

离　家

一去不返的时间，日夜如长江里流着的滚滚不息的江水似的向过去的路上跑去。我们才觉得脱离机械式的学校生活，一瞥眼，一个月寒假的放浪生活却又成为过去了。

现在，正是爆竹连天，笙鼓盈耳的元宵佳节，小孩子们都欢天喜地地结队成群，拍手唱歌；十五六岁不知忧愁为何物的天真活泼的少女，也都欢聚在一起焚香点烛，忙着请“灰堆姑娘”；双双对对的年轻夫妇，更并肩连臂地在花前浅酌，月下低吟；唯有在求学时的少年，那时却深深地沉溺在愁苦的海里！有的已离乡背井，正在尝冷灯残客的凄凉的滋味；有的将要起程，正在对月增怀！啊，我呢，那时却正是将要和我这可爱的家乡告别而对月增怀的一个！

我用了晚餐，便把门儿紧紧地闭上，免得多情的明月照入我的眼帘，幽扬的笙歌送入我的耳鼓。不知怎的，我最怕见的是如银的月光。我一见了，便会想起我母亲头上的如深夜里皓洁的霜雪一般的白发，也会想起我母亲面上的如湖波漾着月光一晃一晃地起着微微的涟漪般的皱纹。我想到这些，我读书的念头便会打消，我情愿晨昏伴着我的母亲讲古往今来英雄豪杰的故事给她听，我也情愿早夕和她分担一些内外的琐事；但是，现在我已决定去升学了，不作反哺之鸟，却又要作离巢之燕了！啊，今后我母亲独处家中，承欢菽水，还有何人？庭帏岑，孤灯独伴，不知当凄凉到怎样，悲伤到怎样！同样，我也怕听幽扬的笙歌，我一听了，更会想起我已死的聪明伶俐的小妹妹。想起三年前的今宵，我的小妹妹瞒了我把我的乐器统统地拿了出去，和许多小姐妹们在芫芜的园地里开音乐会，大家都手牵手地围成一个小圆圈，有乐器的都居在圆圈中央。她们没音节地吹了一回，在旁的姐妹们也胡乱地唱了一阵，正在兴高采烈的时候，我便走到那边，想以来宾的资格，参与盛会；但不料他们见了我，都东奔西窜地散开了，而我的小妹妹也很正经地跑到我面前来请罪，我笑对她说不要紧，并抱着她吻她蔷薇般的面颊。啊，那时的情景是多么的愉快呀！但是，而今呢，灯节依旧，人事已非，回首当日，哪能不放声一哭！

这时我的母亲已把一盏油灯点着了，在昏黄的灯光下，她低着头很愁苦地替我缝衣补袜，我觉得她刺一针，在我心的深处便感着一股异乎寻常的辛酸之味；同时使我也想起孟郊的一首《游子吟》的诗来：

慈母手中线，游子身上衣；

临行密密缝，意恐迟迟归！

谁言寸草心，报得三春晖？

我一时想到这诗时，不禁滴下两点清泪。唉，谁没有母子之情？谁没有孝亲之心？可怜我风烛残年老态龙钟的母亲，养育我到这么大，至今非特不能享受一些家庭清福，反要为我这放浪的游子朝夕忙碌，我的心倘不是铁石做的，至此哪能不痛如刀割！……

我由惨淡的灯光中看我苍老的母亲，呀，愈显得形容枯槁，面色憔悴了。枯秃的头，失神的目光，干瘪的双手，实在足以使我看了将要流泪。此时我的别绪萦绕痛不可言的心，却正好像是母亲手中的一块布，我母亲一针一针地刺着，布，便像是一针一针地刺着我这颗心！

“松团！你这样望着我做甚？”我的母亲忽停下针这样问我。

我就好像没有听见，只是呆呆地望着她，她接着说：“痴了，松团！你这样呆呆地望着我做甚？”

“我没做甚……我没做甚……我不过……我不过……我不过望望你……望望你罢了。”我觉得无言可对，只是这样糊涂地答了一句。细心的母亲似乎不相信，很愁苦地重复对我说：

“你不要骗我，你不言我已知道了，松团呀，你是不是在想明日今时，你的可怜的母亲，正在尝凄凉寂寞的孤独无亲的况味？……

“假使你真能如此，那么，你已能体贴你可怜母亲的一颗心了！呀，你的确是我的好团，如此你的确是我唯一无二的好团！”我的母亲这样说着，好像有许多话要和我诉说似的，她索性把她手中的针线放在台上，用颤抖着的声音重复慢慢地说下去："明天你要离开我去上学了，在理，今晚不应说些不吉利的话，但是，松团呀！你是知道的，我为了你曾费尽心血了！你4岁的时候，你父亲便不幸得着鼓胀病，越一年，可怜他竟形销骨立，撒手长逝了；6岁时，可怜你的阿兄又不幸染疫而亡！到此我们凄凉的家庭，遂像汪洋大海中飘浮着的一只孤舟，东无涯岸，西不靠壁；船头上怒涛在冲击，后梢头暴风在狂吹；叫天呀，天无声，喊地呀，地不应！……但是，那时家中除了你，还有一对幼小的姐妹，每逢到良辰佳节，犹可团聚一处，稍杀愁痛；谁知到了前年，你的娇小的玲珑的小妹妹又一病不起，可怜她竟又随着泉下的父兄去了！唉，至今……至今白杨衰间，仅余……仅余黄土一抔而已！"她说到此地，不禁由凹进的眼眶里，滴下许多枯泪，这些枯泪告诉我比时她的酸辛到万分，痛楚到万分！

"我于她死后，什么都灰心，什么都抱悲观！你想：你父亲死时，她不过刚养下3个月，如今我抚养她这么大，忽然间又死了，你叫我怎么能不悲痛呢？"她淌了一回泪，妾着这样说下去："唉唉，她在生时，是多么的聪明，多么的伶俐呀！她年未及笄，便能用纤嫩的小手，弹你所弹的月琴，也能用幽脆的珠喉唱你所作的诗歌。我觉得她的琴声歌吟，能安慰世界的甜甜的微笑来安慰我心深处所默默蕴藏着的悲哀。我每被人生的愁苦的网网着时，她便用比蜜糖还甜的微笑来安慰我。我每遇着失意的事情，躲在房里哭泣的时候，她便用成人的话来安慰我；有时还蹲在我的膝前或投在我的怀里陪着我哭泣，我觉得由她同情的嘤嘤的泣声里，能哭诉出我在这人间数十年来所受人的欺负和人的妒忌的悲苦来，也能哭诉出我深深地内藏在心房里的秘密的寂寞孤独的苦味来。然而，现在……现在她却又离我而去了！啊，她抛弃一切离我而去了，什么都不顾地离我而去了！……

"唉唉，今后承前继后的，在女只有你阿姐一人，在男唯是你罢了！但是，但是现在你的阿姐既已出嫁，你又将要负笈异乡，一家骨肉，生离死别，天下所有的伤心事，还有什么能过于此！”我的母亲滔滔不息地说到此地，更觉得有无限的话要说似的。她的意思是深恐明晨临别仓皇，一时感伤到说不出什么来。所有一切的话，不如于今晚先说完了。

“唉唉，当你父亲逝世的初年，我真吃尽人间痛苦，尝尽人间酸辛了！松团呀！你可知道我乡间的人是多么促狭！见我略有一点才貌，谁都想来欺负我，且有一部分的人也来劝我改嫁。但我任谁的嘴讲得比蜜还甜，我终是板着脸孔不睬他。因此，遂引起乡间一股人都来仇视我！只要说错一句话，人家便来寻我的破绽；只要一个男人进了门，不论亲戚邻居，人家便要说我的歹话，那时我真好像置身在人迹罕至的荒芜不堪的深山中，前有凶狠的豺狼在跳跃，后有吃人的虎豹在咆哮，身的周围，周围的遍地，随处都是刺人的荆棘！唉，你想这种生活，哪里是人所过的？……什么“不贞洁”“假正经”的骂声，当时无时不萦绕在我的耳旁。我每一听到这种恶毒的骂声，我便会伤心到四肢麻木起来，全身抖颤起来！到无可奈何时，便只得走到你父亲坟畔痛哭一场！并烧钱化纸，默默地祷告他在泉下的幽灵保佑你成人，好使你将来替你可怜的母亲出一口气……唉，松团呀！要是没有你，这种痛苦的人生，我再也不要过了！”她说到此地，眼泪如决堤的水一样滚滚地淌下来！同时我的眼泪也如决堤的水一样滚滚地淌了下来。

“那时我曾几次想舍下了你们而自杀。”她举起了衣袖揩了揩眼泪，依旧继续着这样说下去，“但我细自思量，你是个伶俐活泼的孩子，我含辛茹苦养育你长大了，也许你将来会有出头之一日，所以我宁愿忍受着一时的痛苦，希望你将来能做一个出人头地的人……唉，如今别的我也不说了，松团呀！总之一句，我这一生所受的痛苦，为的是你一个人。你在校中，读书务要用功，用钱务要节俭，对师长须尊敬，对同学须和睦，以期日后做一个人上人，莫要枉费我20年来历尽辛苦养育你的这番心血……”

我听了母亲这番沉痛的话，很想安慰她几句；但想来想去，终于想不到一句安慰她的话出来。

“呀，时候已不早了，你去睡吧，明天还要早些起来呢！”我安慰她的话没有说出，她却催我去睡眠了。

“你也去睡吧，母亲！你不要再悲伤吧！你一生所受的痛苦，我都已知道了！并都已一句句密密地记在我心的深处了……”我说出这几句话，心中不知怎的一酸起来，眼眶中却又滴下一阵热泪！

“你会把我所受的痛苦牢牢地记在心上便好了，你快先去睡吧！我还有一双袜底做完了便也去睡了！”

梦中听见晨鸡报晓，急忙醒来，母亲早已在厨房烧火上灶了，厨房离卧室很近，锅中烹调的香味，一缕缕钻到我的鼻管里来。我起身擦了火柴，点着了美孚灯，便走到厨房来漱洗。这时候我的母亲正在蒸气氤氲的灶前，开锅操铲。

“你起来了吗？早得很呢，还可以多睡一会儿呢！”母亲一见了我，便这样对我说。

“真的还早呢，母亲！你为什么不再睡一会儿起来烧早饭？”我揉了揉眼睛这样说。

“烧早饭本可迟一点起来，但我为要制一点零碎食物给你带出去，所以不得不早些起来弄这零碎食物，你路上饥饿的时候，便可以拿出来充充饥；到了校里，在课后也可以拿出来消消闲。”我的母亲说话的声音很响亮，说着并在面上现出很欢喜的态度，再不像昨晚那样愁苦的样子。

我和她闲谈了一会儿，漱洗后，便依旧回到卧室里来。卧室里除了窗外风吹修竹发出轻微的嘘嘘萧萧的响动外，什么声息都没有，真是静寂到好像死去一样！偶有一丝丝的寒风由窗隙里进入，台上的一星昏黄的灯光，显得格外暗淡起来。我坐在靠桌旁的一张竹椅上，心弦紧张，情绪缭乱，不知怎样才好！忽忆起昨日整理行李书籍时，有件母亲要的东西误放入皮箧里；还有件要紧东西却没有放进去。所以急忙立了起来，想到行装旁去重新整理一番；但走到了行装旁，却又忘了什么东西当放进去，什么东西当拿出来？我只得呆呆地立着，眼不转睛地凝视着行装，脑子里竭智尽思地追究这几件东西；但过了好久好久，终于是没有追究得到。后来偶一回头，见了挂在墙角边的一张母亲的照片，方记得没有放进去的是挂在墙上的那张母亲的照片，误放入皮箧里的是我十多张照片中我母亲最爱的那张照片。于是我把藏在皮箧里的那张照片拿了出来，再走到墙角边把我母亲的照片拿了下来，用纸密密地包着藏在皮箧里，然后依旧回到以前坐的那张竹椅上坐下。我想：我做此室的主人，为时至多也不过三四点钟，过了三四点钟，便要离乡背井，做异地孤客，尝异乡的风味了！呵呵，卧室呀，夜夜陪伴着我的卧室呀！我刚和你亲近数日，今天却又要和你分别了！……我方想到此地，我的母亲端着调制好的零碎食物，走了进来。走到行装旁，解开了网篮上的网，亲自将这许多食物安放在里面，我看母亲这时的面色，已不像刚才那样愉快了！

“坐在这里发呆做甚？快出去吃早饭吧！”她这样对我说。

“早饭好了吗？怎么烧得这样快？”我慢声地问她，“舟子来了吗？”

“舟子还没有来，我预备就去喊他。”我母亲说。

“让我去！”我说。

“不要，你先去吃早饭吧！端在台上的菜将冷了！”

我走到堂前去吃早饭，母亲到外边去喊舟子。我一头端了饭碗一头想：这是我在家中吃的最后的一顿早饭了！以后不知要到几时方能再到此地来用早餐？并且，像我这样多愁多病的柔弱的身躯，一旦抛撇慈亲，到关山遥隔的C城去，以后能不能再回到我明媚秀丽无双的故乡来，尚在渺茫不可捉摸中！……我想到这里，眼眶中的眼泪不住地滚到饭碗里来，一颗颗晶莹的泪珠儿，比碗里一粒粒的饭还多！本来，端在手里是一碗热腾腾的饭，现在却变得冰冰地冷了！我浇了几匙菜汤，把这碗冷饭和泪珠儿一齐吞下。那时我的母亲和舟子也一齐来了。舟子吃了饭，我便催他快把行李搬到船上去。

因为我家离S镇有十八里路，S镇的轮船于9点钟便要开驶，现在门外已有了白茫茫的曙光，林中的群鸟，也都啭着娇音齐声地歌唱，所以时间是很紧恰了。

这时我母亲早饭也不吃了，默默地立在我身旁，一句话也没得说，但一双干瘪的手伸在我头上抚摸着。那种欲哭无声欲泣无泪的形态，使我看了，把我的这颗装满着别绪离愁的心儿，撕得如落花般片片瓣瓣地破碎了！

“母亲！你为什么要这样悲伤？我此去……”我含泪忍痛这样安慰我母亲，但说到第二句话，终于如鱼骨一般地哽在喉中了！

“现在……现在我别的都不希望你，但愿你……但愿你离家忘家，身体须保重，寒暖须小心，饮食起居，一切都宜谨慎！在校中不比在家里，在家里病了，有我替你调养，有我替你看护；假使在校中病了，则孤身只影，举目无亲，有谁来替你调养？有谁来替你看护？……唉，我最忧急的，是怕你旧病吐血复发，倘一旦复发了，不知怎样是好？……不知怎样是好？……”我的母亲说到此地，眼泪却如一串断了线的珠子一样滚下来了！

“此外，我还有几句要紧话和你说：你的身体过于柔弱，用功不必过度，过度易损身体，须知要求得高深的学问，必先具有强健的体格……”她息了一会儿，含着眼泪又这样对我说。

我承认，母子之爱，超过宇宙一切的一切。昨天我母亲曾叫我努力用功，曾叫我别忘她所受的痛苦；但于今朝临别时，却又叫我离家忘家，却又叫我用功不必过度。唉，我不知道：这“离家忘家”，“用功不必过度”的10个字中，含有多少的母子之爱在内？含有几千几万的深情在内？

我哭了！我听了她这番悲痛的话，终于伏在台上哭起来了！

舟子把行李搬完了，便来催我上船，我母亲送我到船埠，伫立在石阶上，一言不发；但以双手，频频偷挥老泪！我要想寻几句话安慰她，但我这时方寸已乱，再也说不出什么了！直息了多时，我方能含泪惨然对她道：

“母亲！我去了！……我去了！……我到校后……便……便写信来给你……免你……免……你……挂……念……”

我这“免你挂念”的4个字一说出来，声泪却一时俱下了！同时，我足下的舟儿也离岸而去了！

我钻入了舱内坐下，听着橹声，两岸风声，我的寸寸离肠紧张到快要断了！推窗一望，见风景如画的烟山，秀色可餐的紫云山，都被淡淡的晓雾迷漫着，仿佛是天宫中美丽的仙女笼罩着一片青纱！江春烟景，本来眼泪正堪愚人，但在我看来，却无处不足以引出我惜别伤情的眼泪来。舟儿像柳絮飞扬似的，落花漂流似的，不住地向前行进，一弯眉黛似的淡青色的远山，早已掉在艄后；而我隐隐的家乡，却也消没在晓光朦胧中了！

这时我无聊极了，乱丝般的情绪，一缕缕把我的脑子纠缠到几乎发昏！无奈，只得向袋中摸出一本日记册，一支钢笔，靠窗口写下以下这篇零星的杂感：

今天我又要和我的家乡作一度的小别了！

不知怎的，往时我常要诅咒的故乡，到临别时却觉得可爱了！

记得我每次别离故乡，在我寂寞而凄凉的心窝里，总是要装满依依不舍的恋情；并且，在幽怨而伤恨的眼泪中，总也免不了要落下几滴热情的眼泪！

自然，今朝在晓光蒙蒙凄风飔飔中，我恋恋不舍地和家乡告别，我那旧有的密密地蕴藏着的心的伤痕，不免又深深地剧痛了一阵；我那积蓄在泪湖里的别泪，更不免要尽量地如飞瀑般地从眼眶中直跳了下来！

啊啊，我究竟是为的什么，年年要抛撇我慈爱的母亲，离开我温柔的故乡？

我母亲是多么的爱我！我故乡的风景，又是多么的美丽！莲溪的夕阳斜渡，烟山的清泉缓流，从今后，都将成为我梦里的滋味了！

啊啊，我的和蔼慈祥的母亲呀！我的山明水秀的故乡呀！我怎忍和你们分别？我怎忍和你们分别？但是，如今却又不得不离开你们了！

唉，我真不知道：如今我忍心地和你们分别，究竟是为的什么？究竟是有何代价？

为的读书吧？读了书有何用？

读了书是为的求知吧？但求得了知识更有何用？多求得一分知识，也不过多增得一点烦恼罢了。如今的我，早已被人生烦恼的烟雾密密匝匝地笼罩着，更何用再去求什么知识？

但是，话虽这样说，多求得几分知识，对于人生和宇宙，毕竟可多了解一点；姑不论人生是欢乐还是烦闷？姑不论宇宙是天堂或是地狱？

可怜我母亲日夜勤劳，拼命挣下几个钱来给我读书，希望我十年窗下有所成就；但我自问良心：数年来，在巍峨的宇宙之谜的塔上，是否曾跑上几步几级？在美丽的学术园里是否曾摘到一些鲜花嫩叶？唉，可怜我如今宇宙之谜的塔上倒没有跑上，脚尖却被石块碰痛了；学术园里的花叶没有摘到，手儿却被毒虫咬伤了！啊啊，像我这样浪费的浮生！不知将怎样对得起我白发的母亲？更不知将怎样对得起我自己的良心？

民国十四年三月脱稿

编者注：《心的惨泣》集，除了《献词》和《离家》外，另有小说两篇：《醒后》和《沦落》。

《红桥集》1930年上海南星书店印行

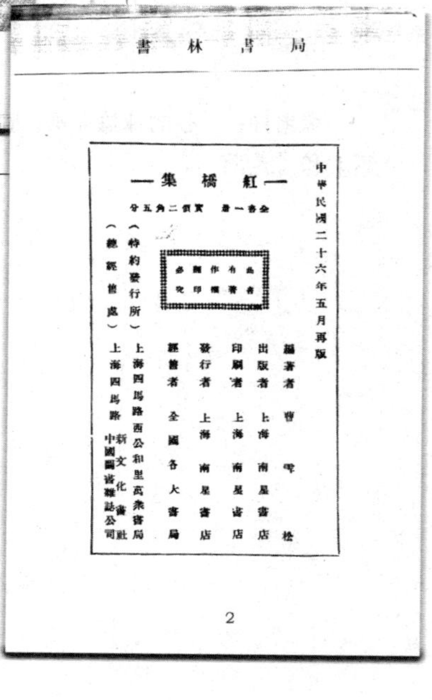

書林書局

—紅橋集—

全書一册　實價二角五分

此書有著作權　翻印必究

中華民國二十六年五月再版

編著者　曹雪松

出版者　上海南星書店

印刷者　上海南星書店

發行者　上海南星書店

經售者　全國各大書局

（特約發行所）上海四馬路西公和里萬象書局

（總經售處）上海四馬路新文化書社　中國圖書雜誌公司

2

1937年5月再版

飘零泪

又是草枯霜白的寒冬了！

法界街道旁一排排青葱的树列，只剩下枯枝秃干，摇摇地兀立在溯风中。每当黄昏，夜的黑纱飘满人间，暗淡的气息笼罩屋顶，笼罩地面，我总是喜欢一人独自徘徊在柏油马路上。冷冷的街面，万籁凄寂，只听见我自己的脚步声。有时我回转头来看一看我倒映在街面上的瘦瘦的影子，忽然我会感觉到好像我是一个已经死了的人，而且是已经死了几世纪的人。我立刻像已处身在另一个时空里，偶一抬头，看见街道旁一排排的枯树，我以为都是一个个可怕的巨人！惨黄的路灯，像是巨人们又凶又大的眼睛。夜风从树梢飘过，枝干发出呼呼的声响，像是巨人在狂吼，或者他想要来吞没我和吞没这个人间吧？啊，我不禁有些害怕起来了！但，当我的真实的知觉回复时，知道这是我虚渺的幻想。我再用另一种眼光看一看这些在夜风中摇曳着的树枝，我只有付之凄然一笑！

实在说来，灵哥，我也算是一个已死的人了！在这两三年饥寒交迫的漂泊生涯里！

我还有什么存留在人间呢？除了这具无用的活尸外。

往日我也曾做过不少的梦：创办过学校，组织过文艺社，开办过书店。但刚刚一起头，便接连着一一失败了！灵，你都是亲自参加的。你当然知道，这些事所以一一失败的原因。唉，我们怀着这样热烈的心对社会，对人类，但社会与人类，所给予我们的，不只是冷淡，不只是白眼，而且还有欺诈，阴险，谋害。啊，我们一群，终于一个个先后从社会里败退出来了！

散了，完了，一切的一切！眼前没有星，没有月，只有一团黑影！是的，只有这一团黑影是我们的！也只有这一团黑影是我们遗留在这地面上的一点生的残迹！

多伤心！一群活泼而英勇的友伴，有的走了，有的还在牢里，有的已经死了！还留在海滨的，仅剩下我一人。啊，还仅只有我一人。

睡下身来，只抱着我自己的一个孤寂的灵魂；走起路来，只有一个凄长的影子和我为伴！有时，我一人踟蹰在黄浦江头，想起当年我们欢坐在这江滨的草地上，谈笑风生。那时，我们充满着光灿的希望，我们活跃着的生命，像江面鼓涌着的雄波伟涛一样！但如今，啊，如今呀，希望和生命，都在冷透的死灰中埋葬了！

灵，我面对着江波，不禁临风落泪了！

是11天前吧，我有事到闸北去，经过青云路，忽然想起我们3年前的故居来，我特别跑到师寿坊里去探访一次。时日息久了，路也生疏起来，寻了好一些时候，方寻到我们的旧居26号门牌。大门关上，我在前门痴呆呆地站立了一会儿，好像听见屋内还有三四个灵魂紧抱着在哭泣！灵，大约你总也没有忘记吧？3年前，我们兄弟3个都在上海大学的文科读书，大家不愿做寄宿生，就在校旁租了一所26号的房子，还加入一个我们的知友陶安之兄，并雇了一个娘姨，为我们烹茶煮饭。提起这个娘姨，她那温和谦恭的笑容，便在我的心影中浮现了出来。她真是个和善的女子，我们大家都很喜欢她，大家看待她如同我们自己的姐妹一样，她也把我们当作是她的亲兄弟一样，我们从来没有在心中存过主仆之分的观念。她工作之余，总是喜欢和我们在一处谈笑，我们也乐于和她周旋，并时时叫她陪我们去逛马路，看影戏。因为这样，引起旁人许多无谓的猜疑，说我们和娘姨发生什么关系了。我们听得很气，起先曾再三向人家辩白，后来索性让人家乱说。而且，越是人家这样说，我们越是和娘姨更装得亲密些。其实，有天可证，我们对她的心地都洁白如纸。我们待她的好意，实在也是因为她对我们太好了。当我们中有人病着的时候，她那种慈祥的抚慰，那种殷勤的问寒问暖，使客居异乡的我们，怎能不对她感激深深。尤其是我们有一次穷得毫无办法时，她竟瞒了我们，当了她唯一的一件旗袍买米来做饭给我们吃！灵，我现在也记挂着她呢！你也同样记挂着她吧？啊，不知这个孤苦伶仃的弱女子，此刻流落何处？我们同声祷祝着吧，诚心地祷祝她崇高的灵魂永远安逸，祷祝她劳动的身手永远康健！

那时我们的小家庭里，融融乐乐，充满着和平的气氛与艺术的意味！我和树弟多是爱淘气的孩子，你和安之都爱沉默，但我们不同的性格，都能在我们胶漆样的感情中融洽着。我们每天除了闲谈共游外，便只是一味埋首在书本间。我们看书总是看到午夜，写文老是写到天亮。我们对学问这样刻苦这样耐劳的精神，自己感觉到很是愉快！等到心群文艺社成立，心群月刊出版了后，校中的同学都惊异我们的努力，并把我们的心群文艺社比拟创造社：他们说我是郭沫若，因为我会写诗，会写小说，会写戏剧。说丁丁是王独清，因为他是专心写诗，而且是专门致力于诗的研究的。说安之是成仿吾，因为他是潜心研究文艺批评的。说你是郁达夫，因为你那时专心写小说，并不时在《东方妇女》等杂志上发表短篇创作。我们也乐意接受人家给我们这样的评语，而且感到骄傲，对于自己前途的希望确也很大，以为我们将来不仅一个个都是文学家，而且都还要做一个实际行动的革命者，为社会，为人类，做下一番轰轰烈烈的事业。谁料到，灵，谁料到这些仅仅都只是学生时代空空的一个梦想！双脚一踏进社会，方知社会是这样的险恶，这样的残酷！只要你一举手，处处要受阻碍，只要你一提脚，步步都将踏到荆棘！我们纵有热切的心，但四周叠满着重重的冰块，连空气里都飞满冰屑，我们哪里还会有勇气向前奔跑？我们终于在重重的冰块冰屑里屡战屡败了！

我是永远忘不掉的，灵，我们将要离开26号的最后一晚。虽然我们都是这样爱我们的26号，这样的爱我们的小家庭生活，事实上，因为受经济的压迫，不得已使我们从此离散！那晚的灯光好像特别显得惨淡，素来喜欢谈讲的树弟和我，也都默默无言了。4人的面部，都显出惨然寡欢的样子！晚饭摆在台上，一个人也不思量去吃它。歇了好一些时候，菜冷了，娘姨替我们重热了一下，再又摆到台上，但我们仍没有吃它。

“还是拿去吧！”我对娘姨这样说了一句。

娘姨也没有讲什么，她知道我们这次的离散，大家心上是很难过的！她默默地把摆好的饭菜拿开，面上也表现出无限凄索的神色。

忽然，4人互抱在一起，抱的是那样紧，我们抱得那样那样紧！万千别离的悲哀，都在我们默默地紧抱里了！

不知是谁先发出一些哽咽之声，大家便跟着呜咽了！

最后，我们心头实在感到难忍，4人竟放声大哭起来了！娘姨也站在我们的身旁陪着我们流泪。

时间过得真快，这幕悲剧，还好像是昨天的事，但忽忽已经3年了！

啊，这3年的中间，我们大家为了衣食奔走，天各一方，到处漂泊。好像大海中的几片浮萍，漂到东，东无边岸，漂到西，西无着落！可怜我们终年奔走，还得不到一温一饱，还免不了时时要受饥挨饿！我自己也有些不相信，一个读书读到大学毕业的人，连仅仅只能够维持生活的一只饭碗竟也找不到手！这是我们的遭遇特别不幸,还是社会对待青年本是这样的冷酷无情？啊,怪不得黄浦江头,年年要增添一大批新死的鬼魂！灵,社会的确是无情的！没听见吗？有许多玉食锦衣身居高位的人，还说这些投江死者，是为要在报端上刊载一则新闻和遗书而借此得到一点虚名的！啊，这话是说得何等的残酷！我想说这话的人的周身的血液，都已冰透死透了！他们的毒心已完全兽化了，再没有一些人气！啊，这些铁面冷心的人呀，你们看一看，烈日下，马路上，一群群汗血拼流的劳工。冬夜里，冷风中，跪倒在雪地里向人求乞的叫花子。他们虽穷苦到这样，却仍要求着生存下去。假使社会不逼迫到我们无法可施的地步，假使我们没有走到山穷水尽的末路，谁愿意忍心毁灭自己的生命？谁愿意凄惨地死在江面滩边？啊啊，黄浦滩头的死者呀，出没江波中新旧的鬼魂呀，我同情你们！我为你们痛哭！为你们洒泪千行！

去年的暮春，我们3人又都不约而同地漂流到沪滨，此次的相聚太凄淡了，每个人的灵魂都已负了深重的伤痕！说也太可怜：你失恋于素萍，我失恋于寒妃，树弟也失恋于雅风。在同一时间里，3人竟会一同失恋。我们的命运，为什么会不幸到这地步？大家只知道哭,没有一天不在眼泪中过生活。那些弃我们而去的狠心的姑娘们,倘能知道了我们这时的伤痛情景，她们的心中也许会感到一些难堪吧？

我们生活无法维持，又只得凄然地离散了。树弟先回故乡，但不久便听到一个不幸的消息：他是为了革命而被关入狱中了。无钱无势的我们，有什么方法能营救他立刻出狱呢？后来你也就回到故乡去了，只有我一人仍留沪滨，我的生活也就立刻生了问题。原来你离沪的那一天，我们租的一间房子恰已满期了。那天的情景我还记得很清楚的。在晓雾迷蒙的晨光里，你带了勉强仅够的几个路费钱动身，我送你到16铺码头上，你跨上轮船的时候，还在含泪欲滴地忧急着我的生活呢，我强笑着回答你自有法想。其实，我身边仅还只有十几个铜子，究竟有什么法可想呢？我看着澎湃呜咽的江涛，我看着渐去渐远的载有我患难相共的好友的轮船，别离的凄愁，穷苦的悲哀，一起汇集在我的心底，一种难过到极点的情绪，什么都形容不出。我只待踉跄地回到黄浦公园近旁的草地上，怅然若失地躺在铁化椅中。孤寞冷清之感，一阵阵地袭击着我的身心。想想自己凄寂的身世，看看袋中的十几个铜圆，更想到今夜究竟到何处去投宿？冷冷的眼泪淌下来了，喉头溢满着欲泣的情味。偷躺在人家的弄堂里过夜吧？恐怕巡捕要来干涉。露宿在黄浦滩的地上吧，我这病弱的身躯，经受得起一夜的江风冷露吗？啊，想到这里，我不禁诅咒可怕的夜的来临！

在草地上徘徊了半天，想想天上不会有钱落下来，江面也不会有面包淌来给我吃。于是便动身走到四马路几家熟识的书店里去找钱。一连会了三四个经理和编辑先生，都只有给我失望！幸而天不绝人，后来跑到泰东，会到了赵南公先生，总算拿到20块钱。在平时20块钱本不算什么的，可是，现在却宝贵到极点！暂时的膳宿可不生问题了，我是如何的欣慰着呀！

最近的几天，由物质压迫的痛苦里，反映到精神生活上，触发了我埋藏在灵魂深处的哀感，整个身心都被这哀感所征服了，终于渐渐地病了起来。啊，我的残弱的身子，你要争气些！须知我此刻正撑舟于险冷深毒的黑水里，两岸是峭壁万丈，前面有潜伏的暗礁，后艄有掀天的浪涛，就是这样，我也难平安地渡过这一湾黑水。哪还经得起病魔来相缠？啊，假使我此刻的病不幸而沉重，我知道，我这一只无帆无舵的生命破舟，不久定会翻沉在这波涛里！

还得告诉你一个痛心的消息：我的4大箱书籍，一星期前已拍卖到旧书摊上去了！平时我是多么的爱书如命呀！记得一年前，我们曾偶然到北四川路的古书店去玩过，恰看见一个青年挟着一包旧书来求卖，真可怜，3本很厚的洋装书，仅只换到10角小洋！我们很为他难过，也很同情他，大概因为他和我们一样都是赤裸裸的穷人的缘故吧。但我们当时主张，无论怎样当尽了我们的衣服，卖尽了我们的所有，但我们相依为命的书籍却不忍拿它去卖。可是，现在呢，唉，我的所有早已当光卖尽，现实逼迫我不得不违背那时所抱的主张了！

你能想象得出我那时的伤痛吗？当我把箱子里的心爱书籍一本本拿出来装到搬运车上去时，我的心是感到怎样透骨髓的凄楚啊！起先我还能极力硬着心肠不使眼泪落下来，后来我再也忍受不住了，竟放声号啕大哭起来！我抱起书来乱吻，完全像已疯狂了的样子！啊，怪不得我要疯狂，一个文人，不走到末路的最末路时，谁愿忍心把我们所认为比生命还珍贵的书籍去拍卖呢？唉！

此外，还有几句话对你说：病中听到你此刻正在姑苏提倡什么迷梦文学，这是我绝不赞成的！

此刻是什么时代？我们自身又是处于怎样的一个地位？难道你还没有被现实社会压迫够吗？希望赶快改正你错误的思想，回到我们先前所认为正当的广大的道路上来！否则，你文学的前途是很危险的了。愿你能听我的话，愿你能知道自爱！

病中心情不宁，请恕我草率的直言！

战

窗外的风雨在乱鸣，
我心头的愤怒在狂奔，
大地上已见不到一些光明，
人类已沉沦，只有野兽在横行！

爱光明爱生存的弟兄们，大家快来！
眼泪已没有了，用不着伤悲！
且用全身的血力去杀尽畜类，
夺回我们被劫的宫殿和已失的城垒！

我要战，我要战，是的，我要战呀！我要坚定我的意志，我要抱着暴风雨的气概去战胜我的环境，战胜我的命运，战胜我的颓唐不振，战胜站在我面前一切的敌人！虽然我过去被不幸的境遇和不安的生活，压迫得呼吸不畅，压迫得壮气尽消！但现在，是我的时候了，茫茫的长夜，在我的生命史中将要过去，此刻虽还不是天明日出的时辰，但报晓的鸡犬，已在含着反抗黑夜的意味在各处啼起了。我要起来，我要从我昏睡的床上跳跃起来，我要抱着早晨必来的信念，一如疆场的战士必与敌人相见于阵前！是呀，我要起来和我的敌人相见于阵前，不论战斗的结果是成功，或是失败！

啊，你请抬起头来看呀，窗外的风声雨声是这样的紧张！你呀，就请在这紧张的风雨声中毅然地走上奋斗的疆场，不要被雨儿的冷气冷透我的心意，不要让风儿的寒意吹散我的勇气！要想到暴风雨时海洋中颠覆了无数的商船鱼艇，沉溺了无数的志士人杰，更要想到暴风雨时摧残了多少正在欣欣向荣的花卉林木，和压倒多少住着如蝼蚁般人群的草舍茅屋！啊，我要在这使我胸头燃点起振天的愤怒的火浪中，和我身前的，和我周遭的一切敌人奋战到底！血战到底！

从今天起，我要好好地做人！

从今天起，我誓要做人生沙场上的一个雄赳赳的战士！

红　桥（节选）

如今我是归来了，身子带着遍体的鳞伤，魂灵深处镶嵌着无限的悲怆！

两年多的卖文生涯，尝尽了飘零的苦痛，一滴滴心血的耗费，只换得到一些贫与病的报酬！

因为我热爱上海的缘故，所以把上海以外的一切统统忘记了，我忘记了爱我的年老的母亲，我忘记了家宅前秀丽的紫云山，我忘记了在紫云山麓莲花溪边我的父亲，我的哥哥，我的妹妹的这些白屋隐隐的墓房！

但我虽忘却了这一切，对于我故乡县城外的一座小小的红桥，有时却常常忆念到它！是的，红桥的倩影，却时常萦绕在我的梦魂里！

我该多么欢畅，啊，我所爱的红桥，如今我竟又飘然地归渡到你身边来了！

别后重逢，自有一种欢慰的情绪！尤其我和你！红桥，今日我们的欢会，仿佛像经过大难后的相见！啊，我别后重逢的红桥，且让我缓步上你的桥背，用双手爱抚着你红栏低亚，轻轻地细问你一声："别来无恙否？"

记得上次和你分手时，我还黯然飘洒了几滴别泪！我想，此别非至深秋不得再见，而且我当时还决定的，等待叶落阶前黄花开时，方能回到你的桥畔，痛醉一杯菊酿。那时南山的雁来菌正上市，西溪里的螃蟹已肥，饮着美酒香醪，尝着佳肴鲜味，想象斯时的欢乐呀，真恐灵魂儿要飞上九霄！

如今，啊，还未到深秋，我却先行归来了！不过，红桥，我此次的归来，对你却抱着无限的惭愧！我告诉你呀，我并不是为专程拜访你而来，却为的是践一个朋友之约而来和他相会。但从此，红桥，却使我和你多了一次意外相见的机缘，我们应得同声感谢，感谢那个友人来造成我们这次相见的机缘！

红桥，我此刻已站在你的身边了！我眼看着桥身上下的云影波光，倾听着溪边芦草丛中的渔笛悠扬，我潜藏在心底的爱的热力，恨不得顷刻化成无数朵晶莹无比的雪花，覆盖你的桥头桥梢，铺满你的桥板桥栏，表示我爱你的一片真诚，表示我对你的心地洁白。好使人家看了，以为你是天河里的一座玉桥。

我到过今昔闻名的胜地，我游过历史上曾有光荣记载的名山大川，但，我所爱恋的红桥，却从没有见到过像你桥身周遭如此清绝如此幽绝的美丽的风景。

啊，看呀：两岸绿杨森森，道上铺满绿荫碎影，游人漫步期间，柳色不仅染绿了衣裙，且还染绿了每个游客内藏的心灵。

这里才真配称为“柳丝如垂”呢，柳叶如新放的兰瓣般细长，柳条下垂，柔软得像绿城的藤枝一样。偶有一二阵溪风飘来，柳条环舞，柳叶轻拂，像当年的贵妃沐浴在华清池里所披散开来的满头秀发！

岸上的绿杨是这样的悦目动人，倒映在水波里的可更美丽万分！水色是嫩绿而澄澈，柳色轻漾在素波里，衬出无限娇媚的柔情！微风过时，岸上的柳丝，柔醉地想吻着水底的绿荫碎影，可是，绿荫碎影，却像一个刚饮初恋美酒的年轻女子，又热情又怕羞，心底虽极愿在爱的柔情里陶醉着，但总是躲躲掩掩地不敢接受爱者的深吻！

河畔生满绿萍浅藻，红蓼花已疏，告诉我们不久秋天将要来到！

河面牵满菱盘，玉色的菱花正在怒放，气息芬芳，远胜满池的荷香！

桥东城墙高危，像一个古代的英雄持剑兀立，防御这红桥恐要被人来袭击！城头上堆积多年的灰尘，在灰尘里透出不少色暗香稀的小花小草。城砖的罅隙里，嵌满了青青的苔茵，砖面上更爬满紫色的牵牛花，攀满年岁久远的古藤无数，以及不知名的爬壁草千万株！

桥西是长堤一条，蜿蜒曲折，像天上的玉龙在游动。堤上筑有纪念前人的梅亭，临溪更筑有可以吟咏可以长啸的雪堂。堂后是修竹千竿，林木蓊郁，蒲塘荷池，满处皆是！堤西就是一片茫茫的大溪！站上桥背，看风帆长征，渔舟远驰狂风打着急浪，喷发出莹白的玉珠万颗，多优美，又多豪壮！最是黄昏时分，远山的残阳，照映着溪面的波光，是金黄？是玫红？是深紫？是墨绿？究竟是哪一种颜色？谁也不能辨识！逢到天色阴晴晦雨，霞光波色，更是变幻莫测！就是你来看一百回的落日，看一百回的波光，也决不会有一回同模同样！

溪中虽少如织的画舫游艇，虽少如簧的笙歌弦音，但从临溪的埠头传来一阵阵少女的淘米声，捣衣声，那么和谐，那么超凡而清绝！如古庙里的老僧在礼佛参禅时的铃响声鸣。桥脚草底，透露出一二阵蛙声，更像是深山里空灵的梵音！

啊，红桥，你的美，真是数不尽说不完的美！我爱煞你了，红桥，你可知否？

小说

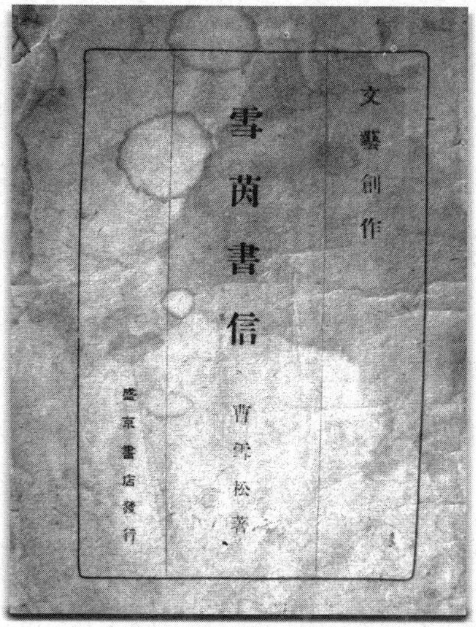

《雪茵书信》1930 年现代书局出版

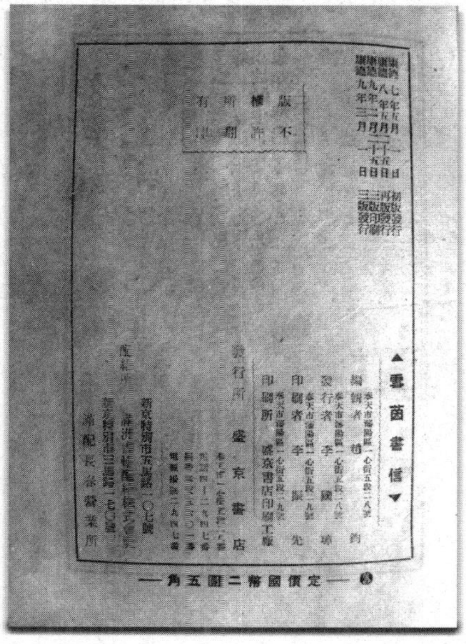

康德七年五月一日初版發行
康德八年五月十五日再版發行
康德九年二月十五日三版印刷
康德九年三月一日三版發行

版權所有
不許翻印

▲雪茵書信▼

編輯者 [illegible]鈞
發行者 李國璋
印刷者 李振先
印刷所 盛京書店印刷工廠
發行所 盛京書店
新京特別市[illegible]路一〇七號

定價國幣二圓五角

《雪茵书信》版权页

《雪茵书信》简介

这是一部书信形式长约10万字的“小说”，在20世纪20年代曾几版热销过。但是，它实际上是一部报告文学，而当年还没有“报告文学”的名称。作者曹雪松在《雪茵书信》中用的是真名，故事的核心矛盾“已婚”是真事，主要内容也都是当时社会的真实的描写。

这个反对封建婚姻、歌唱自由恋爱的故事内容如下：寄兄曹雪松写信给寄妹李华，回忆几个月前到她家中玩耍留下的美好印象，并介绍自己浪迹上海穷困、失恋的痛苦情况，这引起了寄妹李华的关注和同情。两人不断通信，感情从寄兄寄妹的感情，向着情爱方向迅速发展，并悄悄地订下了婚约。雪松还为李华改名克茵（意为“皇后”），要她学习英文，要她学习戏剧，帮她联系好免费进入田汉办的戏剧学校，将来上演自己改编的《少年维特的烦恼》时，自己演剧中的老人，让克茵饰演绿蒂！这多么美好啊！然而，这只是一个美梦而已！克茵来信说：她妈妈得知雪松是已婚之人后，坚决反对克茵做“妾”，把她骂得要死！克茵决定以死殉情，要雪松马上回去见她最后一面。可是，雪松袋中无钱，要5天后才能领到一笔稿费，他绝望地给克茵寄出最后一封信：“等5天，5天，5天！……”

这里，摘一些信中的内容，加上几个小标题，介绍如下。

编者

一个婚恋美梦

6月23日

克茵我的心：

如今我无隐藏地告诉你：前几天的千哭万哭，就都是为我的婚姻问题，我知道我和你不会永久站在亲谊的观点上说话，我们迟早总要谈到爱的这方面去，但有什么方法解决呢？我是一个有妇之夫。因此，我只有天天哭！朝朝哭！晚晚哭！

不过有时我也这样想，妹妹是一个有知识的头脑较新的女子，也许会打破一切旧观念，牺牲一切来爱我。

我又想，妹妹为了真心爱我的缘故，说不定会打破礼教的成见，但寄母却千万做不到这一步了。因为寄母是一个读过书代表宗法社会思想的老年妇人，而且她只有你一个最心喜的爱女，要是她知道了我是一个已经结过婚的人，她一定不愿把她心怀唯一的爱女许给我，那时，纵使你能十分谅解我，如王映霞女士谅解郁达夫一样，如晓芙女士谅解郭沫若一样（因为郁郭两人家中也都已结过婚的）。你勇敢地宁愿违反了母亲的意志而跑出来和我宣告正式结婚，母亲岂不要气煞你恨死我了吗？妹妹，我不愿母亲气你，也不愿母亲恨我；妹妹，我愿母亲永远爱你！也愿母亲永远爱我！而且，母亲已经是一个有年纪的人，一生的辛苦没有得到较大的甘乐，我们做小辈的，正应该多献敬一些欢乐给她老人家，不应给她过量的伤痛，不应过违她的意旨！妹妹，你能知道我这一片苦心吗？我爱我的妹妹，我也爱我们的母亲。

绝望的爱，已经宣告死刑的爱，妹妹，我还要它做什么？所以，我只得含着眼泪忍着哀痛对你说一句：恕我不能容纳你的爱！

妹妹，你知道我“恕我不能容纳你的爱”这句话里，含有我多少无可奈何的伤心，多少无可奈何的哭声在内？

我这句话如今虽则是说出来了，但我不承认，妹妹，我至死也不承认这句话是由我的口中说出来的，我认为这句话绝对是“社会”“礼教”的两个魔鬼张开獠牙的口对妹说的！

我已再次向你表白我的内心是深深地爱上你了，我的心是把妹妹当作唯一的依靠人，在这广漠无垠的时空里，唯有妹妹一人才配接受我的心。

我欲爱而不得爱的妹妹，以后，我想不再在这个世界上和你见面！妹妹，既见了面，又不得相爱，不过徒增灵魂深处的伤悲！何苦呢？所以妹妹我欲爱而不得爱的妹妹，你可怜的哥哥，千思万想，我想以后还是不见你的面好。

妹妹，请你别哭，别哭，今生我们恐怕不能再见面了！恐怕永远不能再见一面了！

妹妹，我透露你一个消息：我不久想要离开我失望的祖国，只身漂渡到法国去！我要把我残碎的青春在举目无亲的异国里消磨，我要把我剩余的生命葬送到异国的荒山长林中去！

啊，妹妹，我的妹妹，我们今后的爱，也只能生存在这三更梦里，或者待七尺葬后，在冥冥的天界中，完成我们这一段未了的姻缘！

至于妹妹的位置，在未离国之前，我要替你安置得妥妥当当，并嘱咐一个知己的朋友照顾你。因为上海地广事烦，妹妹人地生疏，初来时很难摸得着头脑，你一到沪后，你可去寻我的知友，听他领你到办事的地点去。他是我最忠实的知友，为了我的托付，定能尽力照应你的！一切你放心吧！

恕我不能再写下去了！妹妹，我最最爱的而终不能归我所有的妹妹！

此信暂至此，还有许多话，待续，祝妹妹好，别哭！别哭！

曾经给你爱过的哥哥雪松复于星期六

摘自6月23日雪松给克茵的信

6月27日

我的好哥哥雪松呀：

你对我的心，我绝对明了了，你的一切我也知道了，从此，哥哥，我爱的心更要深进几倍！

至于我的心，我的一切，恐怕哥哥还不大明了，尤其是我对于哥哥的爱情，好，哥哥，你现在请再听我向你表白吧：

哥哥，像我们的家庭，宜兴社会上的家庭，那是没有一家是开通的，那是根据着一切旧观念而生活的，可以说没有一家不如此，至于一般青年呢，确是个反对的诅咒的！没有一个愿过这种不自由，不合理的生活，尤其是在婚姻方面。

在平时同几个知己谈话的时候，我们总是谈这许多旧观念，是何等可恨！使人何等不自由！至于婚姻呢，绝对要自由，打破什么“媒妁之言父母之命”！在谈到这许多问题的时候，我是最激烈，最愤恨！谈得最有劲！所以有几个同学，时常嘲笑我：“快去自主吧！成立小家庭去吧！“哥哥，这许多话，是我平时最最主张的！所以往往就被她们嘲笑！哥哥，在她们讲的时候表面上我是气恼她们的，但我内心何尝不希望我能达到这个目的呢？哥哥，我对于旧礼教的观点，你也可明了了；现在再向你重复地说：哥哥，我是要打破一切旧观念而主张一切自主一切自由的！

哥哥，你说你已在17岁时结婚了，并且认为这是一个难以解决的问题，为了这问题就以为没资格爱我，并且伤心，痛哭！哥哥，旧礼教是多么害人呀！要是没有旧礼教的束缚，我的哥哥为什么要说出这许多话呢？好哥哥，现在的我们正是社会的主人翁，一切旧观念若是我们青年人不去努力打破，还能有什么希望呢？到何时何日能有开通的一天呢？况且哥哥又正是受旧礼教的苦痛者，我们更要努力！非打破一切旧观念不可，哥哥，我愿我们来做个先锋！

所以，哥哥，我自从遇到了你以后，总以为自己平素的主张可以达到目的，故很诚恳地对待哥哥，以为我的一生已是哥哥的所有了，愿意死了，而不愿舍我的哥哥，千万要求哥哥容纳我的爱。哪知哥哥不容纳我的原因是为已婚了；哥哥，你为什么不早前告诉我？惹得我这样怀疑。

哥哥，请容纳我的爱，上面我已说过，我是愿做打破旧礼教的先锋！那么，我永远爱的哥哥，你在信上说要到法国去？哥哥，我怎愿你离我而旅法呢？哥哥，我愿你永远爱我！我愿你永远不要离开我！我很诚恳地对你说，我是绝对愿意同你结婚的。以后我俩就是未婚夫妻了。我下半年愿到上海来做事，完全是要和你长聚。我不要任何人照应，我只要你照应我，陪伴我！

母亲对你是非常热爱的，往往叫我写信请你来宜兴游玩，你此次的一封信，我没有向她说，哥哥你放心，且待我日后有机会，渐渐设法疏通她老人家吧！

哥哥，希望你在最短期间寄一张照片给我，作为我俩订婚的表示，你能吗？

要讲的话，很多很多，明天再谈吧！祝你

从此爱我！容纳我的爱！

始终愿爱你的妹妹克茵谨上

摘自6月27日克茵给雪松的信

又一个演剧美梦

7月6日

最好的人：

出国旅法事，本为见弃于妹不愿再留此伤心地，在不得已中有此决心。今妹既愿肯定爱我，我自然不愿再丢下你而只身漂泊到异国去。妹，今后不愿有一刻离开你，我要你永远紧跟在我的身边！就是要去，我也得妹妹同行我才愿去。

母亲还不知道我已婚的消息吗？在可能的范围内，请你渐渐设法使她知道吧！我真对她老人家不起，见面时，我要跪倒在她圣洁的慈容下求赦恕我的罪过！

照片不日当寄上，是我去夏在上大毕业时摄的，穿的是文学士的服装，倒也有趣！

下半年妹妹决定进南国艺大读书吧？倘你愿学戏剧科，那是我所盼望的！因为我是一个喜欢研究戏剧的人，两年来，从事戏剧活动，虽无成绩，但我个人已得到一般师友们意外的赞许；写完了我处女作的剧本《爱者的仇人》，蒋光慈先生看完后，便立即写一封信来赞叹我确有作剧的天分。随后他便说到中国文坛所需要的正是要为青年找出路的作品。最后还说到我这部剧本，不但证明作者有作剧的天分，而且确是为现代青年在这里找正当的广大的出路。又自我从舞台上公演几次，扮演几次主角以后，曾得到许多人过量的赞美。赵景深先生曾说过我的演剧已经成功！这些赞词，我不敢因此而感到自满！我自信我对于研究戏剧是很虚心的，我在戏剧界结交了不少的朋友，关于戏剧上的问题，我时常提出来和他们讨论；我更时常跑到田汉先生处去讨教，我真得到他的教益不少！在中国剧作家中，能使我钦佩的，只有田汉一人，尤其是我看了他的近作《湖上的悲剧》后，使我更确切地认识到他有充分的作剧天才！而且，他多少年来从穷苦困迫的生活中坚持不懈地对于戏剧艺术忠实的努力，更使我拜服到五体投地！最近他告诉我不久他还要到戏剧艺术发达的巴黎去用一番工夫！啊，我们真该愧死，见了田汉先生对于戏剧艺术这样热心的努力。所以，我决定在最近的5年内，要比以前更加下一番深刻的研究，对于剧的理论，对于剧的技术，对于舞台，布景，灯光，化装等等。而且我还要继续努力创作剧本，除了写小说外，我一定要写成10部剧本。有相当的机会时还须得到法国走一趟。在此应告诉你：到法国去的话，并不是上月写信给你时才有的计划，几年前我便和朋友们说过；不过一向为境遇所困，为经济能力所限，直至上月，为了你我的问题不能解决，逗留国内，不免触景伤情，所以才下这个决心，实现这个到法国去的计划。你知道吗？我那时为了筹措旅费的事情，曾白费了一番气力！起先拟向朋友们商借，哪知竟一个个都使我失望！在这失望里，给我一个明显的认识，所谓朋友的关系，原来不过如此而已！在无可奈何中，我想出了一个不得已的方法，就是想把放在书局里的抽版税的4部创作变卖八九百元的稿费，到了法国后，预备仿笙兄勤工俭学的办法，一方面做工，一方面读书。不过，我想，那时为了筹划旅费是感到这样困难，以后或者不至于如此吧！只要出国的时间不十分匆促，就好写成两部较厚的长篇小说，把版权卖去作旅费，再写两三部创作放在书局里抽版税，连日前的共凑成六七部抽版税的书，每部书平均算卖五角上下的钱，每年我就可有5000元上下抽版税的书，照20%的版税费计算只要一年一部书能销售一版，每年我就可有千元上下的进款；把这项进款充作留法的经费，让生活简单和节俭一些，大概也够敷衍。不过，以后我绝不愿离开你而远行，要去自然也得同去！同时去的经费自然也要加一层困难，但不要紧，只要延迟几年出国再多写几部稿子就好了！

以后到法国去，自然是为专门研究戏剧艺术而去的，诗歌小说虽然同样为我所爱好，但我只能抽出相当的工夫附带研究一下，因为我已认定戏剧艺术是我终生的事业。希望我回国后，对于中国死气沉沉的剧界有一点新的贡献！所以，我的好人我希望你愿进南国的剧科为最佳。我的《维特剧本》，今秋是想搬到舞台上去表演的而且已约好几个朋友帮忙，赵景深先生曾允许我为该剧扮演老头子（老法官）；只是缺少一个女主角绿蒂，我的好人，我为了这个女主角，寻访了多少时候，还没有寻到一个相当的人物。现在好了，我至爱的妹妹，我估量你的姿态，动作，语调，恰适合绿蒂姑娘的身份！妹妹，这个女主角绿蒂，就请你扮演吧！只是，《维特剧本》，因为急欲付印，草草脱稿，有些地方恐怕难以上演，如第一幕农夫和维特长时间的谈话，便不适于舞台的表现。此剧上演时，须经过一番修改，务使处处都合于舞台性。倘今秋来不及修改好，宁可迟至明春排演。

妹妹，倘使你要进南国的文科，我也希望你平时对戏剧艺术多多加以注意，文科里本也有戏剧学一课的。而且在南国学戏剧的环境很好，校内有小小剧场，并有南国电影社；所有教授有几个确是当代的戏剧专家。至爱的，只要你肯为戏剧下一点研究的功夫，将来对于我的帮助是很大的！我写完了一个剧本，你便可拿到舞台上去表现。这是多有趣的事，自己写的剧本，由自己的爱人去扮演。

此刻我要到百星大戏院去看名片《孤星泪》了，时间快到了，不能再谈，就此敬祝你到我的梦中来给我深吻！

你的雪

摘自雪松给克茵7月6日的信

“妈妈坚决反对我做妾”

7月6日

永爱的人儿：

今天上午还是天色晴明，此刻忽浓云四布，庭院中的花草被风儿吹得摇摆不休，天空满含欲滴的雨意！啊，天色固然是风雨难料，那知人事的变幻也是一模一样！唉唉！

母亲现在已知道哥哥是已婚了，不料她竟说：“要是他家中的能离婚，那么是可以的；要是不能，我们是很清高的世家，绝对不能做人家的妾！”啊啊，好人呀，她这种口吻，是使我们都失望吗？不，至亲的，现在我尚未对她宣布我与哥哥已有婚约，要是万一被她阻止了，那么，我也不愿再享受她的母爱，同时也不愿忆念以前的一番母恩！只得牺牲母爱，脱离故乡，同我的人儿速奔！要是她有很大的抵抗，那么，我宁愿自杀！切不愿牺牲我心爱的人儿，更不愿牺牲我的誓言和婚约！亲爱的，我永远亲爱的，我的一切已是你的所有，除你以外便不愿受任何人的指挥！倘使母亲要有什么反抗，这不是我不报母恩，是她逼得我如此的！我要爱哥哥，我绝对不愿受任何人的牵制！我愿死了，也不愿舍失我要爱的人儿！

请你放心，克茵是愿牺牲一切忠实地热爱你，只要她能生存在这个世界上。

你暑假后来了，仍叫寄母可也。望你早早告诉我来日，我定至轮船局迎你。

我的哥哥，设想到将来我俩在一起的时候，可以得着不可形容的爱！啊，那时是多么快乐而甜蜜呀！至于现在，莫忧虑未来怎样，我们现在努力着！到经济不生问题的时候，我们可奔跑得远远，或许可以到异国去玩玩。我的人儿，我们现在不必忧虑什么，人生是非常空虚的，到哪算哪，要是万一遇着什么不幸，我们的精神终究是欢快的！我俩尽自己的能力求自活！哥哥，下学期我俩甜蜜而愉快的生活总可以开始了，我俩从此可永恒愉快！永恒永恒甜蜜！

现在母亲忽又跑来和我说：“要是你将来和他结了婚，他家中的她知道了这个消息，万一自杀了，那么你将怎样？”我只能低着头，一句话都不回答她。啊，听她的口吻，下半年大约肯给我出外！唉，好人，她这许多话完全是迫我忘恩。哥哥，要是她真正有什么举动，我始终是抱着我最初的精神！怀着我本来的心情！至爱的，你请放心，你的人儿的一颗心儿，早早愿牺牲一切给你的！

不过，哥哥，下学期我要是不能出外，我设想，我新近有个寄妹，你能设法给她找个相当的职位，我们可同至上海，那时母亲或可放心地许我外出，哥哥，反正我总要和你在一起的。在可能的范围内，望你快帮她找个相当的位置，这样，对于我们柜聚的机会，可妥当一些。

哥哥，母亲这许多话，我本不愿告诉你，但是，因为哥哥时常提及她，我又不得不告诉你。但愿你听了，切不要发生什么。好人，你是听我话的人儿，你听后，你的人儿不准你发生什么伤心，你要听你心爱的人儿的话，克茵总是坚定不改！你千万放心！

毕业考试还有两天就可告终了，好人，望你短期能来宜。

哥哥，要是下学期母亲真有什么反抗，你总不可不给我助力，为了爱。

祝我永爱的哥哥愉快！康健！

你的克茵

摘自克茵7月6日给雪松的信

7月8日

永远了解永远认识我的人：

上次寄你的信收到了吗？今天又接到你7月6日寄来的一封信，我非常非常的惊痛！

啊，妹妹，果然不出我所料，母亲竟会反对我们的相爱！固然我们反习俗反礼教地大胆相爱，自难得到她老人家的谅解；因为旧礼教旧思想的观念，已根深蒂固地布满在她的脑海里，但我料不到她竟会说出这样的话，须知我俩是本着绝对神圣绝对纯洁的爱而结合的，哪里谈到什么“妾”不“妾”呢？要你做我的妾，不但她老人家不愿，就是我自己也不愿，也不忍把这个名词加在圣洁的妹妹身上。妹妹，请你转告她，请你千万向她解释。现在与以前不同了。许多许多的名人学士，都是本着这种精神而自己结合的！沫若达夫等不说，就是现代中国文坛上有名的女作家庐隐女士，她爱的一个人儿叫郭梦良，郭氏确也是一个已婚者，而且他已婚的妻子还是一个较新式的女子。但他终于和庐隐结合在一起……

讲到离婚问题，我何尝不想与家中的她离婚呢？无奈事实上做不到，此中关系外人难知。现让我简略地告诉你，她的父亲，在以前，对于我们的家庭很有一点帮助。我是5岁就丧父的，那时家母新操家政，到处受人欺负。她的父亲呢，在乡间是一个有名的老先生，我家有什么难事发生，总有他来帮忙，逢到经济上困难的时候，物质上也时常有一点补助。这样，我母亲就永远感激他的恩义。所以，当我3年前决心要和她离婚的时候，我母亲横梗在其中，朝夜痛骂我忘恩负义！并时时以死来作难我！她再三申明一定要撞死在我的面前，假使我一定要离婚。

啊，妹妹，我不能否认，母亲为我已吃尽辛苦了！这样穷困的家境，竟培养我到大学毕业！不要说到报答她，反而为了我的婚姻要致她的死命，我于心何忍？这一幕火热的离婚事件，我只得从此中止！唉，有什么办法呢？母爱的牵缠，家族的责难，舆论的攻击，茶坊酒肆邻里的闲谈，各方面不绝于耳的骂声，我小小一身，已成为众矢之的！可怜我陷落在四面楚歌之中，孤人独自，无援无助，哪里有这许多力量来应对呢！

至于寄母说："要是你将来同他结了婚，他家中的她知道了这个消息，万一自杀了，那么你将怎样？"这是绝对没有的事！我可担保，我和你结了婚，她决不会自杀的！因为她早知道像我这样的一个人，迟早总要和另一个女郎结婚的！她现在唯一的希望，只要我在名义上不和她离婚。要和她离了婚，她倒一定会自杀的！因为她是一个旧式的女子，觉得被人离弃，才是世上最难堪最耻辱的事，而且以后绝无颜面再见世人。她不管我回家与否，只要我在名义上仍能保存她还是我曹家的人，她的心愿也就满足了！至于我在异地和人家结合，她是绝对不愿加以干涉的。我的母亲也是这样。

只要你永远能爱我，妹妹，寄母的反对总是有法可想的！实在不得已时，我们可出逃！

怕只怕妹妹没有坚决的心肠，妹妹要听母亲的话，倘妹妹果真如此，那儿，我一切都完了！死，我决定死！我决定死！得了妹妹复失了妹妹的我不死还留待何时？

摘自雪松7月8日给克茵的信

“我死矣！盼见最后一面”

7月11日

我的人儿：

哥哥，母亲已知道你是已婚，并且现在又由不诚实的大姐告诉她我和你已有婚约了，啊，谁料她竟会大发雷霆！一瞬间，竟含泪带哭地对我大声痛骂“做人家妾的人，非特失了自己的人格，就是连母亲的体面也完全失去了，这种人不是天下最可耻的吗？”还有许多许多话，我一时记不得写，她同大姐一吹一唱天天说，夜夜说。内中的句调，没有一句不是说我，没有一句不是极端地反对我与你的结合！唉！唉！好哥哥，近几天的话，不知有多少，要是你听到一句便会伤心起来！哥哥，哥哥，叫我怎样能够受得进这种冷言冷语？我只能哭！一天到晚只是哭！唉！哭就能有办法吗？唉！哭是不中用的，哥哥，我只有死，才免得痛哭伤心，唉，唉哥哥，我还是死了好，不死做什么呢？死矣，死矣。

我在先前，哥哥没有通知我已婚，我是非常爱哥哥，后来哥哥很诚实地告诉我你是已婚了，但我仍愿牺牲一切爱你。可见我爱哥哥的热忱，是一心不变的！哥哥，我爱你，我爱你，要是现在母亲要这样反对我，反对我同一心热爱的哥哥结婚，唉！唉！唉！我是多么伤心呀！母亲的反对给我们的阻难，已足使胆小的我惊恐不已了，往日我以为和她还有商量的余地，直到今日，我方知她已铁定心肠来反对，我绝无疏通的可能了！而且我联想到我们的将来一定是不幸的，前途的危难正多着呢！我们既陷于这样的境地，实在难有圆满的结局，无论我们怎样奋斗。我的人儿，我想到这点，我是怎样绝望怎样痛心呀！

哥哥，我除你以外，便无他人！可是母亲现在偏偏要反对我永远爱的人儿。哥哥，我除你以外还有谁？倘使我不能和你结婚，倘使我不能达到我的目的，我活着还有什么生趣？哥哥，我前思后想，要是我不能爽直地和你结婚，我决心死，哥哥，我的结局，只有自杀。

哥哥，我在异世爱你保佑你，你总不可为我伤心，若你为我伤心，那么我死后亦不得安心。

哥哥，我自杀的地址，及一切，现在已设想好了，待我决定了日期告诉你吧！望你能来宜一见，我死后更得安心。

这一封和泪和汗的信，哥哥看了千万不要伤心。

你的永爱者克茵哭书

7月17日

哥哥：

连睡3天，心中的烦恼，比什么还要难过，想一时死了，无奈想看一看哥哥，又不得不耐心一些。可是哥哥不知还能和我见面否？唉！想来想去只好把哥哥的照片看看，可是看到了照片，便觉得更加悲伤！不知怎的眼泪会不知不觉地淌下来。哥哥，我这几天，一样也不想，只是想着自杀！哪一种最痛快！哥哥，除此之外我便只有流泪，只有想见一见哥哥。唉，像我这样的一个可怜者，人间能有几个呀？唉！我永远的……我决意要和你永别！不愿再和人间的一切接触！更不愿再在这污浊社会生活！哥哥，你想，像我这样的一个又可怜又不幸一切都不如人家的苦人！还生什么呢？死，死死，除此便无第二条路。

母亲为了我，时常流泪，不食，也是整天睡在床上想心事，她看到我这种景象，更是悲哀！哥哥，母亲在姐妹们中，最喜欢我，一切事情都是依我的。可是她对于此次的事，要这样反对，其中的最大原因，为的是哥哥已婚了。旧礼教杀人！

生前总是爱你的人克茵上

摘自7月17日克茵给雪松的信

7月18日

雪松……

自从 4 月 27 日见了一面，到现在，我俩在书信的来往中居然订约了。爱，在此一番经过，伤心流泪不知多少！但是，总希望能把这许多悲哀，造成将来的乐观！所以忍受痛苦，悲哀！不料现在……唉！现在……哥哥，哥哥……现在我的一切，要切实地真正地告终了。

永爱的，在我得到你已婚的消息后，一心不变地依旧爱着你，并且牺牲一切爱你。但是呀，哥哥，我现在确实没有勇气了，只有自杀！我愿死！不愿失约。话有很多很多，但是我……已……不想再写。要写也写不出，要是你愿听我写不出的话，还想和我见一见，那么，请即刻来宜，迟莫后悔。不谈矣。

至死也爱你的至死也想见你一面的人克茵于 18 日午后

7月18日

永爱的：

昨日和今天上午寄你的快信收到吗？

哥哥，曾有一时我想不预备死，为了哥哥，可是今日呢？事太矛盾了，母亲已……唉！唉！变动太快了！我真太为难，我真没勇气，我害了你！哥哥，你只好算最初没有遇到我，所通的信当它是梦境，哥哥，我俩这一番热情，你只好当它是梦境了。

好人，我感激你，感激你所给我的一番深深的爱，忠诚的爱，热力的爱，诚挚的受，真心的爱，哥哥，我说不尽写不清！哥哥，我只会感激你而不会报答你，唉！哥哥，我在冥界保佑你吧！

至爱的呀！现在家庭的环境变了，母亲为了我已倒在床上不食，我想起在这 19 年中她所为的一切，形容不出，现在她差不多要为我丧生了。唉！她对我是说不出的好，我怎能忍心她为我而丧生呢？唉！母亲对我的好说不尽，做子女的怎会忍心旨死她？哥哥，要是我同你结婚，那么，她定会立刻为我而死。唉！我太害人哉！快死，快死！害人者，快快死！一刻也不准延长，快快死！

唉唉，我的爱人呀，我永远心爱的人呀！我对不住你，我没勇气，害了你！我写这封信伤心哉！我的境遇伤心哉！哥哥，你在最近期间来宜一次（秘密的），在死前我还想见你一面，你来吗？我的人儿，倘使你即刻能来，那么还得再见一面，否则，就此永别了，别了，别了，伤心！伤心！

珍重！哥哥！珍重，哥哥！永爱你的人，已决心自杀，最后写这封惨痛的信给我的哥哥，完了，一切都完了！

正哭的茵绝笔 7 月 18 日午后

摘自克茵 7 月 18 日午后给雪松的“绝笔信”

“等5天！5天！5天……”

7月21日

我最爱最爱最最最爱的好妹妹：

3封快信都已收到，读后惊痛不已！

妹妹又有什么意外的遭遇吗？为什么竟不听我的话？为什么说一定要自杀？

什么事情都能解决的，只是你千万不要死！留得青山在，不怕没柴烧。我到宜后，准备用我的全力，为你为我谋一个总解决。要是你在此刻一旦自杀了，我要忍心说你一声“并不爱我”，而且我更要说一声“你从没有爱过我”！妹妹，你愿意我这样错认你吗？

我直到如今还没有来，知道你一定会怨恨我的！但你知道我的苦衷吗？

本来现在应该立即回宜来会你的，但我一时怎能离沪呢？老实告诉你：这里我还欠了好几十元呢，不还清当然是走不开的。我前信不是已告诉你半个月后到宜吗？就是因为那时已写完了一部小说稿卖给书局，稿费200元，必须过半月方是领取期，计算起来，此刻离前信的距离又过了几天了，至多再息五天我便可到书局里去领款。一领到后，立刻离沪来宜。妹妹，此次请你相信我，你已等了几个月的时间，难道再多等5天不可以吗？你要是真心爱你的哥哥，你无论如何再等我5天！

没有钱一切不能如愿，这是现实的问题。妹妹，请再恕我5天的期限吧，仅仅只要5天！

要是我这样说了，你还不能容恕我，那么，我觉得你并不了解一个穷文人的心！换一句话说：你并不了解我！

至爱的妹妹，我不希望你不了解我，我祈求你能原宥我的穷苦，你请宽容我5天的期限吧，请你千万宽容我5天的期限吧！

就是为了爱你的母亲，请你也千万千万不要自杀。你有不得已的苦衷，见面后，你也可尽情告诉我，我总当设法解决的，只要能帮助你。

到宜时，倘你不便到轮埠接我，就请你到三新旅馆来找我。我的好人，你也晓得我已竭尽我所有的爱力来爱你的吗?

心跳眼花得说不出什么，而且为了急于去投邮，不便再写，妹妹，我最爱的，请你等待我5天，5天，仅仅只要5天!

千言万语，都待5天后面谈吧!

啊，5天! 5天! 5天! 5天! 你请原谅我这无可奈何的5天!

竭我全身的血诚来挟留我的妹妹，千万在这5天内不要有举动!

爱你的你爱的曹雪松谨复

附录

接到爱人的绝命书，听到爱人在床未死前还要和我再见一面的话，但我为了钱的牵缠，竟不能立即起程，不能奔赶到爱人的身边去安慰她和挽留她将毁灭的生命，这是多么惨绝伤绝的事情!

到今日我更加相信：钱，真是万恶的魔鬼，它长着毒牙的血口，会咬伤人们幸福的日子，吞没全世界灿烂的光，美丽的花，甜蜜的爱。

我友蒋君因爱妻患病，日夜拼命写稿，预备换到钱后送他爱妻至庐山养病。谁知人事沧桑，变幻莫测，待稿费到手，爱妻竟溘然长逝长逝了! 啊，我5天后，拿到了稿金赴宜，还见不见到我的爱人呢?

人生到此境地，还有什么话讲? 啊，我真要椎心泣血向天呼号了!

7月21日午夜雪松在茵妹的绝笔书反面含泪志此

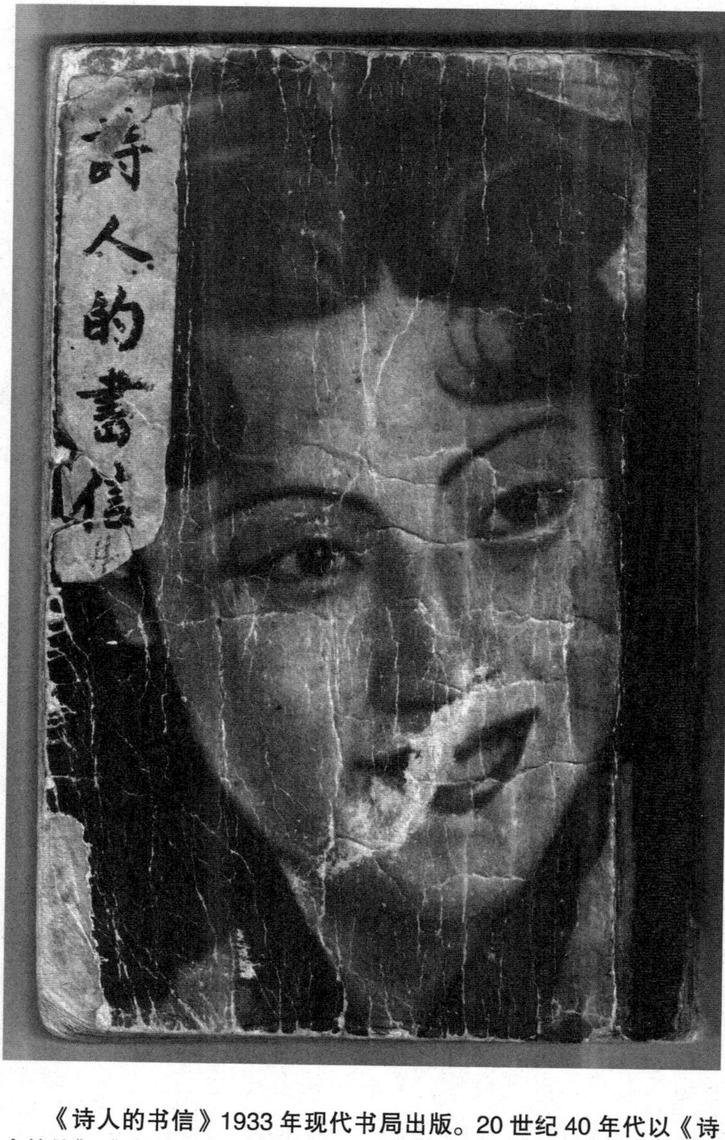

《诗人的书信》1933 年现代书局出版。20 世纪 40 年代以《诗人的信》《诗人的书信》之名在大连、沈阳等地再版。

《诗人的书信》简介

这是用书信形式写的8万多字的小说，故事如下：

一对年轻的恋人葛莱纹和娟，在一个雪夜，从宜兴乡下逃来上海。没有婚礼，他俩租个小住房同居了，一年后生了个女孩小娟。这在20世纪20年代真还是反对封建婚姻的先锋。他俩过得很幸福。

但是，娟生女住院需要钱，借贷无门，葛莱纹偷偷地移用了公司里的一笔钱，准备尽快归还，却被公司发现了，关进了监狱。等到他从狱中出来时，发现娟已被一有钱的陆奚溪诱骗去了。他不仅失业了，而且失恋了。小娟寄养在育婴堂，这个来到人世间才10个月的婴儿，不幸又病死了。葛莱纹悲痛得不想活了，便跳进了黄浦江，却又被好心人救了起来。

葛莱纹的悲剧引来了他的表姐的爱。表姐冲破礼教的束缚来到上海，想与葛莱纹一起再做自由恋爱的好梦。可是，表姐不久却又被封建的家庭骗了回去，被一有钱人家花2000元买去成婚了。

葛莱纹把自己的悲剧写成小说，几家书店都不要。有个剧团老板却认为有利可图，并要葛主演。演出轰动。有一天，葛在台上演出时，偶一抬头，见包厢中陆姓男人正拥抱着娟在观剧，他心中大怒，一阵头晕，连吐几口鲜血昏倒在台上。老板大惊，把他送进医院。他醒来后便下定了报仇的决心。

他打听到姓陆的与娟将于某日在某礼堂举行婚礼。到了那一天，他打扮成宾客也混了进去。当婚礼即将开始时，他拔出手枪打死了陆奚溪并趁乱逃了出来。他写了最后一封绝命信给乡下的表姐，说自己已报了仇，死罪难逃，祝她活得幸福。

这里摘登几封“书信”，并加了几个小标题，把它介绍给大家。

编者

一、雪夜私奔

夜深了！

耳边听见窗外有窸窸窣窣的声音，我从窗罅里望出去，方知道下雪了。

但我是下了走开的决心的，不管窗外的雪飘得怎样大，总不会消失我的勇气！

到深夜12点多钟的时候，合家都睡得很熟了。我轻轻地走出房门，看一看书斋前母亲的一间卧房，听见她正在发出很匀称的鼾声，心头忽感到一些难受，禁不住立刻掉下一行眼泪！

我停下步来好些时候，才走到后门，轻轻地，拔开门栓走了出去！

雪飘得更起劲了，像柳絮一样地纷飞下来！大地像铺满了白银，树枝竹叶间，像穿上一身缟素的衣裳。

我一人在这风雪中走着，心中感到一些害怕。我看着这到处的一片白色，无意中联想到与白色有关系的种种：孝服……灵堂……灵台前供奉着的白烛……鬼魂出现时头上所挂的一丛白钱……

我愈想愈怕！但我愈怕愈要想下去！

幸而天色并不怎样阴暗，河路桥梁，在由白色的雪光中映得清清楚楚，否则，我或者会跌倒在沟中或河里吧？在这样深的夜里，在这样怕得使我双脚都发抖的境地中！

我好容易鼓着勇气到了娟的村上，立即跑到娟的卧室的窗前轻轻地敲着窗门。

“谁呀？”娟被敲醒了后低声地问着。

“是我！”我也低声地回答她。

“啊，纹哥，怎么在这样冷的冬夜里你来呢？”

“你起来呀，娟妹！”

“啊，我起来了，纹哥！”

娟披好了衣裳，就起来开窗，她见窗外正在飘雪，现出很是惊异的样子！

“啊，怎么还在下雪呢！纹哥，在这样大的风雪中，你怎么来的呢？”

“我已和家庭决裂了！”

“怎样的情形呢？”

“过一会儿慢慢地讲吧！我想今夜就动身到上海去，就此永远不再回来了！”说话时我的下颌抖得有声。

“你在发抖，你冷得厉害呢！”娟伸出手握着我冰冻的手这样说。

“不要紧！冷得还算好。”我忍着寒冷回答娟，又说：“你愿伴着我去吗？”

“此刻就伴着你去？”

“是的，此刻就伴着我去！娟！我们的爱，除了走这条路外，再没有别的希望了！这是环境决定我们非这样做不可。假使你是真心爱我的，请莫迟疑，立刻就随我走吧！”

娟沉思了好一些时候，最后决定随我走了。

“你等一等吧！我还要整理一些东西带出去。”

“好的，你就赶快整理吧！”

不多一会儿，她已把比较重要一些的东西都整理在一只手提箱中了。她把窗上的活动铁条抽起，将手提箱先递了出来，然后身子钻出窗外，我立即把她抱了下来。

风雪虽依旧不止，但有了娟在我身边，好像已不觉得寒冷了。我们半带恐怖半带惊喜，手挽手地走出村外二三里路，看见河港里停泊着一条渔舟。我把渔夫叫醒，说明多给他几个船钱，叫他把我们送到容城。渔夫答应了，我们随即下船。幸好船身并不狭小，并且舱里也很洁净，我们才把惊恐的心魂安定下来。

风已止了，雪也没有以前飘得大，渐渐地稀少下来。我们倾听唰唰的桨声，河流的细语，再看窗外雪中的夜景，啊，我们几疑是处身在一个幽美的梦境里了。

“娟，你看，这寒夜的雪景多么美妙呀！”我指着窗外的雪景对她这样说。

“真美妙呀，这寒夜的雪景！”她欢快地应着我。

“是很值得纪念的，我们在这样幽美的雪夜里私奔了出来！啊，这两岸平铺着素净的白雪，正好象征了我们3年来纯洁的爱！”

“……”她羞红着脸，要想说什么，但终于没有说出。

我顺势抱着她，她也顺势倒在我的怀里。我把头渐渐凑近她的脸部，她像要避开，但又不舍得避开。于是我的嘴唇贴吻在她的樱唇上了。啊，多甜美多神秘的吻啊，离家的悲哀，以及夜的恐怖，雪的奇冷，都在这一吻中忘却了。

船到容城，天已渐明了。

我们在船上草草漱洗了一下，立即赶到火车站，恰正是头班车快要开了，于是我们便买了票上车，下午一时许，我们便到上海了。

在两三天内，已租定了一间房子，家具用品，也略略置备了一点。于是我们就这样开始过美满的小家庭生活了！

等到带出来的一点钱快要用完的时候，恰恰有一个名为陆奚溪的朋友，介绍我到一家食品店里去当会计，月薪50元，一个小家庭的开支，也尽够维持了。

一年后，我们生下一个女儿，事情就发生了。

摘自“第六号”信

二、负债分手

生女负债

为了生孩子，我私用了几十元客账。想尽早地归还。这件事，一个多月后，被店中的经理发觉了。经理差人送给我这样一张条子：

“葛莱纹私用客账，着即开除，限即日交清出店。

经理张”

啊，我哪儿来的钱交清这所缺的账款呢？只宽限一天，我被拘进了警察局。为了怕娟担心，我离家时哄她说到无锡去另找一份好一点的工作。

后来好容易到了拘留期满，我便立即跑回到家里，但大门紧闭着！我喊着，里面没有应声，我用力敲着门环，里面也没有响动。

我在门前徘徊了一下，就走到隔壁人家去坐一会儿，由邻人的闲谈中，得知娟没有被房东逐出去，是到一个朋友家去玩了。

停了一会儿，似乎听见有开门的声响，我立刻跑出来一看，是我的娟抱着孩子回来了。

“啊，你回来了？什么时候回来的？”她见了我，用惊异的口调这样问我。

“刚才回家，你到哪里去的？”我热情地说。

我们一走到屋子里，我也就不等她的回答就急急地吻着久别不见的她，急急地吻着我日日挂念着的孩子。经过苦难后的相吻，是别有一种异乎寻常的滋味，算它是欢甜，却是特别的欢甜，说它是凄酸，却是特别的凄酸。

“娟，你刚才到哪里去的？”我又柔声地这样问她。

“我吗？我到朋友那边去玩玩！”她淡淡地这样回答我，过了一会儿，却这样问我，“怎么，你在无锡一住就住了这么许多天吗？事情究竟找着了没有？”

“还须等待一些时日……”我这样哄着她。其实，她早已从陆奚溪那边知道了我的行踪。

我感情太冲动了，一时竟未注意到她身上，这时才发现她已换了一身时髦的新装。

“这套衣裳是新置的吗？”我用奇异的眼光注视着她。

“是新置的，你看这式样好吗？”她很自然地回答我。

“式样很好，不过，不过哪来的钱呢？”

“朋友那边借来的。”

“借来的？”

“不借怎么办？你一去就是一个月，假使我不出去借一点钱不要说没有衣裳穿，连我们母子两个恐怕也已饿死了！”

我看出她对我的问话露出很不高兴的神色，也就不愿再追问下去了，心头打了一个问号。

自此以后，她时常借着看朋友的名义，一个人到外边去玩。起先几天，还抱着孩子同去的，后来索性连孩子也不带出去了。有时候，下午出去，要到晚上八九点钟才回来。孩子不见了母亲，时常啼啼哭哭，我喂她糕饼，我喂她牛奶，但她还是哭得不肯停声。

渐渐听得传言：她新近发着跳舞热，这几天正和一个西装少年在皇宫舞场过着酒绿灯红狂歌欢舞的生活呢！

又渐渐听得传言：这个伴舞的少年，不是别人，就是曾经算帮过忙的为我介绍职业的姓陆的那位朋友！

人心太不可测了，我的朋友，竟做了我的情敌！

他夺取了我心巢里的一只小鸟！他摘取了我灵魂里的一支鲜花！

他是贼！他是强盗！一定是这个强贼想尽办法诱惑她的！她怎能不落入这个陷阱里去呢？

终于分手

“我现在一切都听你的，你如要办一点手续也可依你，不论你要立一张离异的笔据或登报申明一下都可！”我说。

“反正我们并没有经过正式手续结婚，现在当然用不着立笔据或登报申明。只要我们都已情愿，就此离开就算了！”

“只是，只是，我们的孩子呢？我们这可怜的孩子！”

“这孩子？”她看一看熟睡在床上的孩子，心中也许感到一阵瞬间的酸楚。

“这孩子！”我看着这个可怜的小人儿，又不禁感伤起来了，一阵热泪，如骤雨般滚落了下来：“这孩子呀，可怜她以后有了父亲就不会有母亲，有了母亲就不会有父亲了！”

我轻轻地吻了几吻正在酣梦中的小孩子的面颊，我喉头充满欲泣的意味，像要突然哭出声来，但终于竭力把它遏止住了。

“你既然如此爱这小孩子，就留给你养吧！”

“谢谢你最后的恩赐，谢谢你留给我这样可作纪念的一个孩子！”

她翻箱倒柜地在整理她的东西，我抱着在酣梦中的孩子凄咽着。

“你还要些什么东西？但凡你要的，在我房间里所有的东西都可拿去！”我见她把东西整理好后，抬起头来很客气地对她说。

“不用客气！”她也改用了一种较柔和的声调这样说，“倒是我整理好的这些东西中，如你要什么，我当可为你留下几样。”

“我一样东西也不要，凡是你穿的戴的用的东西，统统都请拿去！只是，台上镜框里的这张照片，就请你为我留下吧，我们总算相爱一场，这也可算得是我们在这段爱史中所留下来的一点痕迹。还有你的孩子也请留下一件东西给她做纪念。你总算是生了她，她也总算是有过了母亲，虽然以后她没有妈妈可喊，永不再会见到她的母亲。但她长大了以后，等到她渐渐懂得人事的时候，她要是向我追问起她母亲来，我就可以将你临走时留给她的纪念品交给她，她接到了这纪念品，也许可以望梅止渴而稍稍得到一些慰藉呢！”

“可以，台上镜框里的照片准定送给你，”她态度很自然地说，并在箱中取出一支簪花交给我，“这簪花就留给这孩子做纪念品吧！”

恰恰这时孩子哇的一声哭醒了。我一手把她抱了起来，一手提着一只箱子送她母亲出去！孩子在我怀里挣扎着要她母亲来抱，但她母亲哪里还有心思来抱她呢？

又失女儿

送走了娟，我的眼前金星乱迸，天与地像都在旋转着，一见床铺立刻颓然地倒下身子来！我想痛哭，但悲哀压抑着我，使得我竟哭也哭不出声来了。

孩子在床上拼命地哭着，但我只能望着她哭，只能望着她哭！我已不能抱她起来走走，我已不能嚼点糕饼或调点牛乳粉喂她！

恰有一个隔壁邻人来看我，他很同情我不幸的遭遇，更可怜无辜受罪的孩子！他不忍我的孩子就此活活地饿死，他为我出了一个救急的主意，就是暂时把孩子送到育婴堂里去！我在昏沉中糊涂地答应了他一声，于是他便自告奋勇把我的孩子抱到育婴堂里去了！

到了次晨，我的神志已清醒了一些，才确切地知道我的孩子已送到育婴堂里去了！于是我十分悲哀地想起我可怜的孩子来，于是我为我可怜的孩子流着伤心的眼泪！

自从送她进去后，我仅去看过她两次，我每次看她，总要想到伤心的往事，总要流去不少的眼泪！所以我简直怕去看她，时常想去，时常又不敢去。

今天我第三次去看她，眼泪流得更多：因为她病了！

她现在瘦得像一根枯草，见着我，伸手要我抱，并哭个不住！我被她哭得心酸了，眼泪怎么也流个不住，我不忍多看她，不多时，我就离开她回来了！

姐姐今天又去看了一次小娟，啊，她病得更厉害了，她简直瘦得不成样子了！

但我有什么法子救她呢？

唉，想起来真是痛心！堂上白发的老母，我竟不能好好地孝奉她；自己亲生的孩子竟无力养育她！我负上负下，竟成了一个莫大的罪人！

身世飘零到这样，遭遇不幸到这样，还有什么话说呢？我还有什么话说呢？

嗐，姐姐呀，请你听这不幸的消息！我可怜的孩子终于于昨早离弃这个冷酷的人间了！

从小娟呱呱坠地之日起，直到她脱离尘世之日止，仅仅只有6个月的时间！这短短的6个月的人间小住，却也使她小小的生命饱尝了人世的悲哀！嗐，孩子，这都是我累害你的，我是如何的对你不起？但愿你在冥冥中的幽魂能原谅我，原谅你无能的爸爸！嗐，不！我配求你原谅吗？培植了一支嫩芽，复用自己的双脚来踏伤了它！嗐！我可怜的孩子，我踏伤了你纯洁的小心儿，我踏伤了你天真无邪的小生命！我是何等的罪大恶极！何等何等的罪大恶极！所以我现在不再希望你恕罪了，唯愿甘心听受你灵魂的裁判，唯愿你判我以极刑，给我以死嗐，死！我欢迎你，我张开双臂在等待着你！反正我在这人世苦够了，倒不如一死来得痛快！

可不是吗？姐姐！我在这人世已苦够了，真不如一死了之！往日，孩子活着时，我心头还仅留着一点希望，如今孩子死了连我心头仅有的一点希望也断绝了！嗐，我活着还有什么趣味呢？我活着还有什么趣味呢？

就在这样的情景下，心头不禁起了自杀的意念！

渐渐，终于坚固了我这自杀的意念！

我拿出狠心的娟临行时留给孩子的一支簪花，和留给我的一张照片，看了又看，不禁流下一阵眼泪，我终于忍一忍心踏碎了簪花，撕碎了照片！就此我便毫不留恋地走出了房子，毫不留恋地走到了黄浦江旁。

夜深了。江面上的灯光，更显得凄凉！我最后一次看了一眼上海街市后，毫不犹豫地向江波中跳下去了！

但我一跳下去的当儿，偏偏便会有人来救捞！新闻记者来探访我自杀的原因，唉，各报都详载着我为失恋跳江而被人救起的消息，我和娟恋爱的经过和离绝时的情形。

姐姐，我拿我的生命作儿戏！就是为了爱护我的你，我也决不肯决不忍做这种傻头傻脑的举动了！

摘自第4号信、第13号信

三、“弟弟，我爱你”

我最亲爱的姐姐：

在物质上，你救了我急难；在精神上，你给予我同情，你已成了我一个绝大的恩人；现在因为我这次自杀，你又觉得这些还不足以安慰我，又要毫不吝惜地赠给我你生命中最隆重的礼物，就是“爱”，就是你那比鲜花还美丽的爱！就是你那比湖波还清澈的爱！你做了我的恩人不算，如今还要来做我的情人，在你，这真太慷慨了；在我，这真太幸福了！幸福得使我怀疑，幸福得使我不相信，幸福得使我以为是一个梦。

你的带有英雄气的“弟弟，我爱你”的喊声，我已诚恳地接受了下来，我每读一遍“弟弟，我爱你”这5个字，便仿佛能听到你从信纸上隐隐地透露出来娇甜而生香的喊声！啊，你这娇甜而生香的喊声，振动了我的生命，陶醉了我的灵魂。

很感谢姐姐苦心劝慰我的一番话！好在这投江的事已成过去，以后为了报答姐姐，怎么也不会走这条路了。请姐姐放心吧！请姐姐千万放心吧！

爱你的葛莱纹上

10月12日

摘自第14号信

至爱的至至爱的人：

姐姐，你要我找个相当的英文专修学校，我一定负责为你寻找！姐姐请放心，一二日后，我把学校找定，并将章程寄给你！

这真是一个好消息，姐姐能来沪读书。我们以后可以时常见面，可以时常在一起谈心！这是何等欢乐的一件事啊！

另外附告你一件事：今天我在开始写一个剧本，题名是《离绝》，就是写我和娟所经过的这段凄伤的故事。姐姐，你反对我写这个剧本吗？本来，现在我已和姐姐互相爱着，不应该再想这些往事。但，姐姐，请你原谅，往事给我的伤痛太深了，我怎能不为它留下一点纪念呢？

愿你恕我，千万请恕我，姐姐，至爱的姐姐！

你的人葛莱纹上

10 月 30 日

摘自第 19 号信

至至爱的人：

我写这封信时，也许你学校里已敲了睡钟，也许你正睡在床上闭着眼睛回忆昨天同游半淞园的情景。

姐姐，我也正在回味着游园的情景呢！

这真是值得骄傲的事！我们两个人，手挽着手在园里走着，大家都露出艳羡我们又妒忌我们的神色来。我们在这些艳羡和妒忌的目光下，更觉欢快，更觉光荣！

“姗姐，‘皓月团圆人未圆’这句古诗，现在我们应该改为皓月团圆人亦圆了，是不是？”我望着月亮，这样悠然地问着你。

“是！”你神秘地点着头。

我用醉意的眼光看着你月光下的美容，不料你也正在用温柔的眼波注视着我，大家不禁粲然一笑！

“走吧，弟弟，太晚了，再迟校门恐要关上呢！”你这样对我说。

于是，我们恋恋不舍地走出了半淞园，我送你到了校门口。你很迅速地凑上嘴来同我接了一个临别的吻，便向校门内走进去了！

姐姐，你不会知道吧，当你走进校门好一些时候，我还在墙外徘徊着，徘徊着还想和你接个吻！

你又定会骂我声痴子了吧，姐姐，你骂吧，我极愿意接受的！

就此祝你

梦中来吻我！

你的葛莱纹上

12月22日

摘自第24号信

四、演出昏倒

《离绝》成功

《离绝》全剧共分5幕，第一幕题名为雪夜私奔，是写我和娟离家出奔时的一段事情。第二幕名为上海之夜，是写我和娟到沪后的几天较甜美的生活；但已有陆奚溪上场，暗地里已隐伏有悲剧的成分在内。第三幕是为爱入狱，就是写我为娟生孩子要花钱，不得已私用了客账以致撤职，入狱！第四幕是挥泪送别，就是写她要和我离绝时，我一手抱着啼哭的小孩，一手为她拿着提箱，挥着热泪送她出去时的情景。第五幕是小孩之死，这幕为舞台上的时地所限，与我经过的事实有些出入，是这样写的，我抱了一个新死的孩子从家里走出来，走到江边，看着茫茫的江涛，不禁万感云集，在流泪中，在凄伤中，用哭声唱着一只《最后之曲》，歌声完时，我就抱着这个死孩跳到江中去了。

大同戏院认为这是一个空前的大悲剧，并请我主演。当我演到伤心处，几乎要倒下身子来，喉音也快要哭哑了！幸而我竭力镇定自己，总算能支持到将全剧演完。不过我直到后台卸了装眼泪还是流个不住！化装室外站着不少的观众要来和我见面，我因心头怕烦，请人婉言谢绝。但谢绝了一批，又来了一批。后来我实在因为推却不过，乃允许和《艺术日报》的记者见一见面。他一走进来便紧紧地握住我的手不肯放。

“不论就《离绝》的剧本言，不论就葛先生的表现力言，都已得到了巨大的成功了！”

我默然无言，只是流着眼泪。

真不幸得很，我的《离绝》上演，恰恰我的姐姐病倒了！亲爱的，假使我今天登台，有我所爱的你坐在包厢里来看，那一定会提起我的精神，一定会使我演得更卖力！但可惜姐姐如今病倒了，今晚竟不能来看你弟弟现身舞台了！

昏倒台上

本预备上半天来看你，但不幸我自己也病倒了！因为我昨晚在舞台上所受的刺激过深，一夜竟没能闭一闭眼。我的脑壳很是昏痛，全身发着热，像是在火焰里燃烧着。

今天我不能登台了，但大同戏院钱经理说我“搭架子”，并反过脸来厉声地对我说：“假使你主角不去，这个戏怎么演下去呢？这个戏不演下去，观众岂不要起哄，岂不要退票吗？这五六千元卖座的损失，叫谁赔偿！”甚至完全用流氓的口吻这样对我说：“你今天不登台，上海不要想住下去！”

“难道上海是你的吗？”

“不晓得！”

“难道你会打死了我不成？”

“也不晓得！”

“哎呀，你竟会说出这样的话？”

“哼，你还不知道上海是什么世界？你还不知道我堂堂钱老大的厉害！”

他心术如此坏，我假使今晚坚持不去登台，他损失几千元，说不定他会立刻用毒辣的手段对待我！我想到“好汉不吃眼前亏”这句话，迫不得已，还是扶着病去登台了！

到了戏院，虽则我满腔气愤，但一看到观众送给我这许多花篮，这许多匾额，这许多镜框，不觉在悲痛中感到一点自慰！尤其是艺术日报社送我的一个白银镶的大镜框，上面写着“为艺术而争光”的6个金字，使我感到一点意兴！

在悲痛中，第一幕终于演完了！第二幕也算演完了！但当我演到第三幕，捉我的警察等在门外，我向家中的她告别，并吻着我的小孩！我一抬头，忽发现包厢里恰恰正坐着陆奚溪！他身边坐着一个娇媚少妇，这个少妇不是别人，却是昨天曾来赏光过的娟！大约她昨天看我在舞台上哭得有趣，今天特意约了她的爱者同来看一看我的痴愚。

当我一看到这一位人面贼心的陆君，我是如何的愤恨！我心头因愤恨而慌了，慌得连台词都接不下去！索性再偷向包厢里一看，看见他们两人肩靠肩的，娟的身子快要倒在陆的怀里，好像他们故意这样亲密给我看。我的一颗心，快要气愤得炸开来了，眼前像有无数条毒蛇向我游来，一阵酸辛，竟人事不知地晕倒在台上了！待我醒来，我已在后台的化妆室里，看见了胸襟前的血迹，方知刚才曾吐了不少的鲜血！

姓钱的这个流氓，总算还有一点慈悲心，见我吐了这许多血，便差人把我送到济世医院。

摘自第二十八号信、第四十号信

五、报仇

姐姐被骗

接到你由乡间寄来的这封血泪并流的信，我哭，我哭！我只晓得哭，我只晓得哭！

姐姐，你竟然被骗回去并被幽禁起来了吗？唓，好忍心的父亲，好狠毒的后母！他们平时好吃好穿，乱赌乱用，结果，把祖遗的一点产业浪荡完了，如今又转念到你身上来，为了2000块钱的代价，竟就把你嫁给一个土豪劣绅！不，竟就要把你的身体去卖给他做第四房姨太太！天呀，这是怎么一回事？天下竟有这等混账之极的父母吗？竟有这等不顾子女幸福只顾自己挥霍的丧尽天良的父母吗？

这个消息太使我痛心！姐姐，我因一时哭得太多，我的吐血病又发了！

逃回来吧！我伸着双臂在等待着你！

击毙陆贼

今天从新闻报上得知陆和娟于本日上午9时在皇宫饭店举行婚礼。

姐姐，你知道我此刻是如何的伤心，而又如何的悲愤！你，我现在的情人是被幽禁着；她，弃我而去的娟正在和人家举行婚礼！唓，一个人竟会有这种悲惨的遭遇吗？

是到时候了，此刻不去报复，更待何时？

姐姐，我报告你一个惊人的消息：正当他们举行婚礼时，我装着像是贺客走入礼堂，拿出手枪来就将新郎击毙！等到要向新娘开枪的时候，事实上已来不及了，我只得一面举着枪儿护卫自己，一面迅速地向人丛中冲奔出去！

终于被捕

现在我终于被捕了！

终于被判处死刑了！

姐姐，须知我的死，并不算得什么一回事，在这个万恶的社会下，比我的死更为悲痛更为惨伤的事还多着呢！

姐姐，你现在不应该为我的死而伤心，你应该赶快想法怎样逃出这家庭的牢狱！姐姐，你如能有逃出这牢狱的一天呀，就请你把哭我的眼泪，变成一颗颗的枪弹，向迫害我们两人离散的敌人进攻！向抑压你弟弟而死的社会进攻！

永别了，姐姐，我至爱的姐姐，我生前永爱着的我死后也永爱着的姐姐！我虽舍不得离开你，但时至今日，还有什么法子呢？还有什么法子呢？

就此永别了！永别了！我至爱的姐姐，我生前死后永爱着的姐姐，请你记着我的死！记着我们的敌人！

我最后所爱的姐姐！我再高声地向你重说一遍：请你记着我的死！记着我们的敌人！

我用最后全部的力量来祝福姐姐

前途光明！

你可怜的葛莱纹临死前的绝笔

2 月 14 日

摘自第 48 号信、第 50 号信、 第 52 号信

2

电影剧本、演出、插曲及其他

曹雪松　编剧，演员。1934 年入天一影片公司，编剧兼演员。编写电影剧本《热血青年》《红楼春深》等。一度任新时代影片公司编剧。后曾在天一影片公司拍摄的影片《王先生奇侠传》《王先生生财有道》中扮演重要角色。

电影编剧　1934 年:《热血青年》、《舞宫春梦》、《钟声响了》、《红楼春深》、《王先生的秘密》（与左明合作）；1935 年：《王先生过年》《王先生到农村去》；1947 年：《三女性》《满城风雨》

演出影片　1936 年：《王先生奇侠传》《王先生生财有道》

——《中国电影大辞典》
上海辞书出版社出版 1995 年 10 月第 1 版

曹雪松编剧，岳枫导演的《三女性》（1947 年，“大中华”），描写了向上的、懦弱的和堕落的 3 种不同女性的生活道路，使观众多少能从这部影片上触摸到一点时代的闪光。

三女性（1947 年　10 本）
编剧：曹雪松　导演：岳枫　摄影师：曹进云
主要演员：李丽华 王豪 洪波 蒋锐

满城风雨（1947 年）
原名：《上海小姐》
编剧：曹雪松　导演：文逸民　摄影师：曹进云
主要演员：谢家骅 李兰 严化 姜明 平原

热血青年（1934 年　9 本）
编剧：曹雪松　导演：汤杰　摄影师：高廷章
主要演员：王元龙 叶秋心 马东武 张振铎 肖正中

舞宫春梦（1934 年 9 本）

编剧：曹雪松　导演：文逸民　摄影师：高廷章

主要演员：范雪朋 余光 李英 王慧娟 魏鹏飞

王先生（1934 年 9 本）

编剧：于定勋　导演：邵醉翁。

主要演员：汤杰 曹雪松 陆丽霞 舒丽娟

欢喜冤家（1934 年 12 本 有声片）

原著：张恨水　编剧：曹雪松　导演：裘芑香　摄影师：高廷章

主要演员：陈玉梅 胡姗 张振铎 马东武 李英 肖正中

红楼春深（1934 年 11 本）

编剧：曹雪松　导演：高梨痕

主要演员：陈玉梅 陆丽霞 余光

王先生奇侠传（1936 年 10 本 有声片）

编导：左明

主要演员：汤杰 曹雪松 翟绮绮 李琳 桑淑贞

王先生生财有道（1937 年 10 本 有声片）

编导：左明

主要演员：汤杰 曹雪松 桑淑贞 李琳 翟绮绮

——《中国电影发展史》

中国电影出版社出版 1963 年第 1 版

出品公司	片　名	编　剧	导　演	主要演员
天一	热血青年	曹雪松	汤杰	高廷章等
天一	舞宫春梦	曹雪松	文逸民	高廷章等
天一	欢喜冤家	曹雪松	裘芑香	高廷章等
天一	红楼春深	曹雪松	高梨痕	
孤星	二孤女	曹雪松	王乃鼎	钱似莺等

汤杰眼看影片能赚钱，老板却不认账，一气之下，就和曹雪松磋商另谋出路。他们四处奔走，并征得漫画作者叶浅予的许可，求助于影片商人，决定投资自办一家影片公司，专拍“王先生”一类的题材。总算“皇天不负有心人”，他们的新时代影片公司开张了。在1934—1935两年内，一口气拍了3部“王先生”：《王先生的秘密》《王先生过年》《王先生到农村去》。

《王先生的秘密》由曹雪松、左明编剧，汤杰导演。

《王先生》由天一影片公司1934年摄制。编剧：于定勋 导演：邵醉翁 摄影：高廷章 主演：汤杰，曹雪松

《王先生》原是漫画家叶浅予创作的连环漫画。漫画寓人生哲理于讽刺幽默之中，富有浓厚的生活气息，因此拥有大量的读者。天一影片公司率先将它拍成喜剧片，搬上银幕，获得可观的票房收入，于是《王先生的秘密》《王先生过年》《王先生到农村去》《王先生奇侠传》《王先生生财有道》等10多部“王先生影片”相继问世，构成了一组系列喜剧片。

——《上海电影志》

上海社会科学院出版社出版1999年第1版

曹雪松编剧电影目录

年份	影片名	出品影业公司
1931	《二孤女》	孤星
1934	《铁链》	强华
	《钟声响了》	
	《舞宫春梦》	天一
	《红楼春深》	
	《热血青年》	
	《南湖船娘》	
	《欢喜冤家》	（改编张恨水原著）
1935	《王先生的秘密》	新时代（与左明合作）
	《王先生过年》	
	《王先生到农村去》	
	《此恨绵绵》	
1947	《三女性》	大中华
	《满城风雨》	
1980	《杨贵妃》	（1980年10月完成电影文学剧本）

曹雪松主演电影目录

年份	影片名	出品影业公司
1933	《王先生》	天一
1935	《王先生的秘密》	新时代
	《王先生过年》	
	《王先生到农村去》	
1936	《王先生奇侠传》	天一
	《王先生生财有道》	

曹雪松编剧导演话剧目录

年份	剧名	演出地点
1938	《祖国的儿女们》（五幕话剧）	长沙，贵阳，重庆
	《王先生抗战记》	
	《王先生看报》	
1950	《陈菊仙之家》（三幕话剧）	上海

电影剧照及广告

电影《王先生过年》剧照

「王先生過年」的故事

曹雪松

大減價大拍賣的旗幟，在每一條街頭每一家商店面前飄揚着。店裏面是冷清清的，街頭上也是冷清清的；惟有當舖裏却擁擠着像潮水般的人羣。從這些地方，就可以看出年關將到時的市面是怎樣的不景氣！

王先生坐了一輛霉汽車，也向一家當店面前開去，他好容易擠了上去當得了幾塊錢，便預備去購辦一點年貨；不料車中在半路上拋錨了，而且還冒犯了一個汽車公司的收賬員。收賬員正要因爲地和他交涉時，他的汽車來得倒動了。

王先生到了一個百貨店裏去買東西，那個收賬員恰巧也來了。王先生一看見他嚇得就逃，他躲入玩具部裏，扮了一個聖誕老人，收賬員再也尋不到他了。

王先生的朋友小陳也來買東西，竟把那個王先生所扮的聖誕老人，買去送給王小姐。王小姐接到這件禮物，非常的歡喜！這時忽來了一個討賬的人，竟和王太太爭吵起來，小陳爲了要討好王小姐，慨然地將賬款代付了。王先生見債主已去，不禁跑出來和小陳握手示謝！小陳正在驚訝間，又有一個討債的人來了，王先生仍裝做聖誕老人，以爲小陳仍可以代他解圍的；那知小陳却趁這個機會，陪同王小姐出去縫新衣去了。不多時，又來了一大批討債的人，收房租的警告王太太，再不付錢就要封門了！於是債主們大肆起來，大家紛紛搶搬東西。

等到小陳送王小姐回家時，家中已空無所有，王先生和王太太愁眉淚眼的，一無辦法！小陳慨然叫他們搬到他家裏去過年，他們自然答應了。

搬來後的第一天，小陳的太太虛僞地與蛇委的招待他們。過了一二天，王先生無意中做壞了一二件事情，陳太太不高興極了；加以小陳和王小姐非常親近，更使他氣悶不堪！款在除夕這一天，他們終於大吵一場而分手了！

王先生一家人因爲無家可歸，身邊又沒有一個錢，只好在馬路上徘徊。不料警察又誤將他們捉到局裏去，雖然不久便釋放出來了；但是天又下起雪來，在這茫茫的深夜裏，他們走到那裏去呢？肚裏微餓，身上冷，他們實在太疲乏了，只得在階沿上坐下來休息一回。

朦朧間，忽聽得賣夜報的呼喊救災獎券開獎了，王先生將身邊僅有的五條獎券拿出來一對號碼，知道已中了頭獎，歡喜得跳起來了！便決定到陳家去賀年，順便好擺闊示威。小陳和他的太太，看見王先生已發大財，也就另眼看待他。一回兒消息傳了出去，前向他討賬的那些人，現在便都來奉迎他了。王先生正在得意忘形的時候，一陣鞭炮聲把他驚醒了轉來，方知道是做了一個空歡喜的夢！

討債的人來了，王先生仍裝聖誕老人。（王小姐黃耐霜飾，小陳曹雪松飾，王先生湯傑飾）

小陳陪同王小姐在縫新衣

电影《王先生过年》故事
原载 1935 年 5 月《女神》创刊号

电影《王先生过年》《王先生到农村去》剧照　原载《中国电影发展史》

电影《王先生》海报之一

电影《王先生》海报之二

电影《王先生过年》的故事

曹雪松

大减价大拍卖的旗帜，在每一条街头每一家商店面前飘扬着。店里面是冷冷清清的，街头上也是冷冷清清的。唯有当铺里却拥挤着像潮水般的人群。从这些地方，就可以看出年关将到时的市面是怎样的不景气！

王先生坐了一辆旧汽车，也向一家当店面前开去，他好容易挤了上去当得了几块钱，便预备去购办一点年货。不料车在半路上抛锚了，而且还冒犯了一个汽车公司的收账员。收账员正要凶恶地和他交涉时，他的汽车幸得开动了。

王先生到了一个百货店里去买东西，那个收账员恰巧也来了。王先生一看见他吓得就逃，他躲入玩具部里，扮了一个圣诞老人，收账员再也寻不到他了。

王先生的朋友小陈也来买东西，竟把那个王先生所扮的圣诞老人，买去送给王小姐。王小姐接到这件礼物，非常的欢喜。这时忽来了一个讨账的人，竟和王太太争吵起来，小陈为了要讨好王小姐，慨然地将账款代付了。王先生见债主已去，不禁跑出来和小陈握手示谢。小陈正在惊疑间，又有一个讨账的人来了，王先生仍装作圣诞老人，以为小陈仍可以代他解围的。哪知小陈却趁这个机会，偕同王小姐出去缝新衣了。不多时，又来了一大批讨债的人，收房租的警告王太太，再不付钱就要封门了。于是债主们大哗起来，大家纷纷抢搬东西。

等到小陈送王小姐回家时，家中已空无所有，王先生和王太太愁眉泪眼的，一无办法。小陈慨然叫他们搬到他家里去过年，他们自然答应了。

搬来后的第一天，小陈的太太虚与委蛇地的招待他们。过了一两天，王先生无意中做坏了一两件事，陈太太不高兴极了，加以小陈和王小姐非常亲近，更使她气闷不堪。就在除夕这一天，他们终于大吵了一场而分手了。

王先生一家人因为无家可归，身边又没有一个钱，只好在马路上徘徊。不料警察又误将他们捉到局里去，虽然不久便释放出来了，但是天又下起雪来，在这茫茫的深夜里，他们走到哪里去呢？肚里饿，身上冷，他们实在太疲乏了，只得在阶沿上坐下来休息一会儿。

朦胧间，忽听得卖夜报的呼喊救灾奖券开奖了，王先生将身边仅有的5条奖券拿出来一对号码，知道中了头奖，欢喜得跳起来了，便决定到陈家去贺年，顺便好摆阔示威，小陈和他的太太，看见王先生已发大财，也就另眼看待他。一会儿消息传了出去，从前向他讨账的那些人，现在便都来奉迎他了。王先生正在得意忘形的时候，一阵鞭炮声惊醒了他，方知道是做了一个空欢喜的梦。

紅樓春深特刊

紅樓春深
纏綿悱惻
嚴獨鶴題

电影《红楼春深》的故事及影评　原载 1934 年《上海申报》

电影《红楼春深》的故事简介

曹雪松

一个青年文艺家郁青峰（余光饰），他有温柔的性情，他有美秀的面貌，他更有热烈的情感。为了现代编译社的排戏任务，他从山明水秀的无锡赶到上海来，就在这一个机会里，认识了该社女书记周碧莲（陈玉梅饰），认识了女主角罗兰（陆丽霞饰）。他发觉碧莲的面貌和他已死的爱人是一样的，而且碧莲的一举一动，也非常像他已死的爱人，这样，他不觉爱上了碧莲，碧莲也表示爱他，于是俩人便走上恋爱之路。罗兰是同青峰爱碧莲那样地爱着青峰，但青峰不满意罗兰的一切，拒绝她。他回到了无锡后，罗兰也追随到了无锡，他虽然对她的纠缠表示厌恶，但他毕竟是青春期的一个少年，经不起她的诱惑，冷的理智，终于克服不住热的情欲，一度的失检，便铸成大错，又因为受了她的要挟，只好一方面答应和她结婚，一方面忍痛和心爱的碧莲断绝。他与罗兰结婚后，因为个性不合，终于和她分离了。后来，他与碧莲相见，经过一番诉说，过去的误会解除，俩人便又重温着粉红色的梦。但是，当青峰与罗兰结婚时，碧莲十分痛苦和失望，为了报复青峰，并即与追求过自己而被自己坚决拒绝掉的男子张鹤年（葛福荣饰）结了婚，这种在失恋下产生的畸形的结合，使她处处对她的丈夫表示冷淡，她内心所蕴藏的痛苦是她的丈夫所不知道的。但是，秘密终于被丈夫发现了！他发觉她与青峰的亲昵状态，知道自己被骗了！然而，他是真的爱着她的，他这样想："我既然爱她，我不应该让她受痛苦！"于是他悄悄地离开了她，让她与青峰幸福结合。

《红楼春深》影评

有情人终成眷属

《红楼春深》使我愉快，就在于郁青峰和周碧莲一对有情人成了眷属，但是成功的方法，不落平常窠臼。张鹤年留画出走，使她和青峰去成对儿，只是苦了这位忠厚诚朴的张鹤年。他因为不愿他心爱的人挨受精神上的痛苦，终于飘然远行，非但行为忠厚诚朴，而且心肠侠义，惜世无其人；有之，当买丝以绣。

摘自胡慈珠《春深岂独在红楼》

是指导男女恋爱的南针

一个是理智被感情屈服，不得已而结婚，一个是感觉失恋而痛苦，为报复而结婚。这畸形的结合，完全出于勉强，所以结果，都是分离了，凡是不自然的结合，终难长久。《红楼春深》是一个例证。现在的青年男女，多喜欢谈自由恋爱，假使你们双方发生了什么问题，或是有了什么障碍，那么你去看《红楼春深》，它一定有满意的答复给你。

摘自李祖唐《红楼春深》是指导男女恋爱的南针

画面美

鄙人有爱美癖，于花爱梅，爱垂丝海棠，爱并蒂莲；于禽爱燕，爱鸳鸯，爱翠鸟，爱鹦鹉；于境地爱杭州的西子湖，吴中的天平灵岩；于大自然爱垂虹，爱绮霞，爱六出的雪，爱皎洁的灵魂。……就平日操觚为文，也喜为六朝人的华艳小品，看电影，更喜择那画面美的影剧来过我爱美的瘾，觉得瞧赏了美的画面，心里自然会发生一种快感，留很深的印象，在那悲秋伤春之际，凄风惨雨之宵，回味着，是多么的温馨啊！但是画面美的影剧，却是凤毛麟角，不料看了天一公司《红楼春深》的试片，竟可遇不可求地瞧到了十分满意的画面美，简直把鄙人陶醉在醇酒里一般。

摘自郑逸梅《画面美的红楼春深》

上海《电影选刊》1983 年重新发表《三女性》的“前言”

本片描写了向上的、懦弱的和堕落的 3 种不司女性的生活道路，给人以生活的启示。1947 年香港大中华影业公司出品。据《中国电影发展史》载，当时香港各影片公司的绝大多数产品，都是落后、反动的，它们尽情地颂扬国民党特务间谍，宣传凶杀、恐怖、变态心理、色情以及资产阶级男女之情等含有毒素的内容，像《三女性》这类作品，多少能使观众从影片上触摸到一点时代的闪光，虽然还存在这样那样的问题，但在当时的香港，也可算凤毛麟角，为数极少。剧中吴剑华创办家庭工艺社和托儿所，热心社会公益，献身社会为群众谋福利，一个普通妇女当时能够这样去做，确实已经很不容易，请读者勿以事小而轻视。剧中吴剑华、露莎、李萍分别由李丽华（现在美国）、陈琦、罗兰饰演。

曹雪松作词的两首歌曲

20世纪30年代活跃在上海影坛的影剧作家曹雪松，有两首由他作词的电影插曲令人怀念，一首是由冼星海谱曲的《搬夫曲》，另一首是由沙梅谱曲的《船家女》。

搬夫曲

吭哟，吭哟！搬哪，搬哪！
搬一天，吭哟！活一天，吭哟！
吭哟，吭哟！不管多少重，扛上肩头搬；
吭哟，吭哟！搬得慢一点，背上挨皮鞭！

吭哟，吭哟！搬哪，搬哪！
天天搬，吭哟！年年搬，吭哟！
吭哟，吭哟！还是吃不饱，还是穿不暖。
吭哟，吭哟！搬到哪一天，衣食才周全？

吭哟，吭哟！起来，起来！
快觉醒，伙伴们，快觉醒，伙伴们！嘿啦啦啦……
肩头压千斤，背上印皮鞭。
不分你与我，同是受欺凌。
起来，起来！ 要团结，伙伴们。
要团结，伙伴们。嘿啦啦啦……
莫靠天求人，把手拉紧。
自己的痛苦，靠自己抗争。

船家女

船儿随着微波荡漾，
侬在船艄轻轻打桨，
船舱里游客饮酒高唱，
摇船女却暗自无限凄凉，
摇啊，摇啊！摇啊！
从早摇到晚，从春摇到冬，
让岁月在桨声中沦丧，
让青春随着浪花消亡，
花般的快乐，烟般的希望，
还有那梦般的幻想，
而今呀，而今呀，
只留下满怀惆怅，
空伴着山色湖光。

112
搬夫曲*
（男声二部合唱）
曹雪松词
Allegretto
1. 杭 唷！ 杭 唷！
2. 杭 唷！ 杭 唷！
搬 呀！ 搬 呀！ 搬一天，
搬 呀！ 搬 呀！ 天天搬，
活一天， 搬一天， 活一天， 杭 唷！
年年搬， 天天搬， 年年搬， 杭 唷！
* 1935年冬作于上海。新时代影片公司1935年12月摄制的电影《王先生到农村去》（编剧曹雪松，导演汤杰，主演汤杰、曹雪松、黄耐霜等）插曲。此歌"是借滑稽片《王先生到农村去》鼓动工人起来抗战的，在上海帝国主义势力之下，只有利用滑稽片才能不被人注意。"（参见第一卷《创作杂记》"10"）。

113
杭 唷 不管多少重，
杭 唷 还是吃不饱，
扛上肩头搬。 杭 唷
还是穿不暖。 杭 唷
杭 唷 搬得慢一点，
杭 唷 搬到哪一天，
背上挨皮鞭。 杭 唷
衣食才周全。
杭 唷 起 来！
起来， 起 来，起 来， 起 来！

《搬夫曲》复印自《冼星海全集》

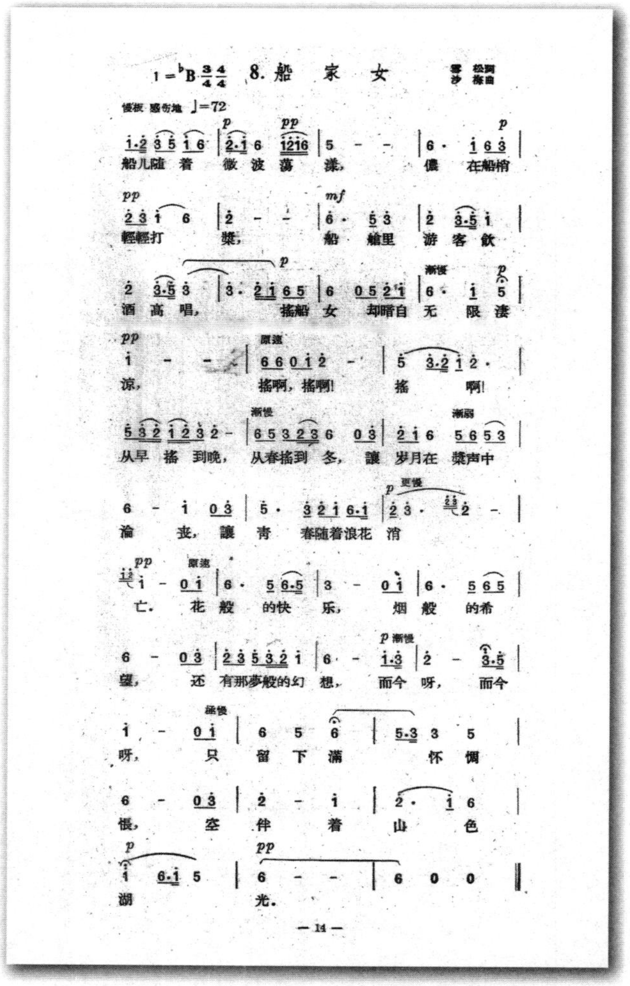

《船家女》复印自《沙梅歌曲集》

电影文学剧本《杨贵妃》

2006 年 3 月香港文汇出版社《曹雪松电影剧本选》封面，书中收入电影剧本《三女性》和《杨贵妃》。

引 言

《杨贵妃》是根据唐代大诗人白居易的《长恨歌》为依托，并参阅其他有关资料、传说，加以改编而成。

这一故事的历史背景，是唐玄宗（即唐明皇李隆基）前期，即开元时期（公元 713–741）社会经济发展初期，尚能励精图治，礼贤纳谏；加以贤人姚崇、宋景相继为相，协力辅佐，政治比较清明，生产也较为发展，因而出现了唐帝国高度繁荣的鼎盛时期。

但到玄宗后期，即天宝时期（742–756），由于四海无事，国库充裕，封建统治阶级享乐腐朽的本性随之发作。玄宗高居深宫，贪图安乐，把国家大小政事，都先后委托给两个宰相李林甫、杨国忠和宦官高力士这帮权奸手里。他们迫害忠良，杜绝言路，因而朝政混乱腐败。玄宗宠爱杨贵妃，过着荒淫无度的生活，加紧搜刮百姓，以供他们任意挥霍。同时，官僚富豪不断兼并土地，破坏了均田制，使人民生活陷入水深火热之中；封建统治阶级内部中央集权势力和地方割据势力的矛盾日益尖锐化，终于导致了安史之乱。安史之乱，是唐帝国由盛而衰的转折点。而安史之乱后藩镇割据势力的形成，遂使唐帝国日益走向衰落。这个历史教训，很值得后人引为镜鉴。

《杨贵妃》，主要是描绘唐朝天宝时期政治腐败，民不聊生，而封建统治阶级犹醉生梦死，歌舞升平，终至国破，酿成了唐明皇与杨贵妃之间这出又凄艳、又荒唐的爱情悲剧。

（一）唐朝京都长安城

故事开始，呈现在我们眼前的，是唐朝京都长安城的鸟瞰：

（唐朝京都长安，即隋代所建之大兴城而为唐所增修者。城的北面是宫城和皇城，南面是住宅区和商业区。住宅区称坊；商业区分东西两个市场，即东市和西市。每市四面皆市场之所，中置两署，即治市官府，市的管理有一定的制度，规定市场有一定的营业时间，有法定的度量衡和评定物价的标准。此外，城东南隅还有曲江风景区。这样，就把皇城、官署、住宅区、商业区明白地划分开来。而且全城坊、市，星罗棋布，街宽直，条理井然。这个都城规模的宏伟及其布局的整齐壮观，是古代有计划地建设都市的典范。日本的平安京即西京，就是模仿长安城而建筑的。）

唐帝国京都长安这座历史名城，当年不仅是国内最大的商业都市，也是带有国际性的大都市，它曾经使许多中外人士络绎不绝地来到这里，进行贸易或观摩，成为本国各族和亚洲各国经济、文化交流的中心。其繁荣盛况，于此可见。

但如今，经过“安史之乱”，到处是断壁残垣，破败不堪。

唯城中北部皇宫所在地，因敌寇曾盘踞过一个时期，及至其败退时，一时来不及破坏，除太庙已为贼所焚毁外，其余建筑尚保留原状；只有若干地方还遗留下一些战火痕迹。

“安史之乱”平定后，唐虽还都长安，但宫廷却已易主。玄宗之子肃宗，早在灵武即位称帝，因而玄宗退居太上皇地位，就养南宫，迁于西内。

这时的长安城，正笼罩在一片昏暗的暮色中。

只有皇宫内外，灯火辉煌，鼓乐喧天，似在举行什么庆贺盛典。

（二）西宫长廊及内室

偏处一隅的西宫,这时冷冷清清,寂然无声。但见宫门开处,有一个小黄门,手里拎着一个纸包匆忙地走进去。这是一条漫长而又曲折的走廊，廊内暗沉沉，阴森森。小黄门一走进去，就看不清他走到哪里去了。

廊外可以见到园内的一些花木景物，但都沉浸在茫茫夜色中。只觉庭园荒芜，到处是枯枝败叶，无人收拾。路边墙角，有虫声唧唧，似在破除这里一些岑寂；树间草际，萤火点点，忽隐忽现，增添了这里迷离恍惚的气氛。

通过园内透进来的一些光亮，可以看到廊角边高悬着一些蜘蛛网，偶有一两只蝙蝠飞来飞去。

长廊尽处，可登楼入室。这里，就是太上皇最后余生的休憩地。

室内有一老人，约70多岁，面容憔悴，神态颓丧，这就是太上皇唐玄宗李隆基。

孤灯一盏（油灯），清香一炷。玄宗手执古诗一卷，随意翻阅一下，但无心阅读。

宫女二人，一端煎药，一端饮用器具进来，跪请上皇用药。玄宗用手示意她们起来，并和善地说：“好好，放这儿就行。”

玄宗看着冒气的药碗，皱着眉头无心饮用状。

这时窗外忽传来一阵乐声，那是如此熟悉如此动听的音乐

画面上幻成：太庙池里刚透出水面的一枝鲜艳的芙蓉花。

又幻成：未央宫畔一树婀娜多姿的柳丝在随风飘荡。

玄宗想起太庙芙蓉未央柳，“芙蓉如面柳如眉”的情景，不知不觉地落下几点眼泪来。

玄宗再次挑灯凝视画像。就在香烟袅袅和泪眼模糊中，看到了画像上杨贵妃的眼睛开始在转动。

接着，她的双手和全身也都渐渐地活动起来。

不久，一个天生丽质、美艳绝伦的杨贵妃，正从画框里走下来，飘飘然地向着玄宗这边冉冉而来，她步履轻盈，犹似凌波仙子在翩翩起舞。

（三）华清池连殿台

白玉石砌的温泉华清池，在碧水暖波里，一群妃嫔在沐浴嬉戏。

其间寿王妃杨玉环，正在浴罢出水，由侍儿扶着她，有些娇慵无力，不胜罗绮之状。

浴后光彩焕发，转动照人！

在许多粉妆玉琢、珠光宝气的妃嫔中，她显得有如万绿丛中一点红。

惹得场内所有人的目光，都集中在她一个人身上。那些目光里，含着艳羡、赞美，也有的带着嫉妒。

玄宗仔细听之，不觉惊问宫女："这是何处来的乐声？啊，《霓裳羽衣曲》！"

宫女如实禀告上皇："听说新皇帝（即肃宗）新选妃子，正在开筵庆贺。"

玄宗不禁想起当年他和杨贵妃演奏这一钧天妙乐——《霓裳羽衣曲》时的盛况，曾传为艺坛佳话，不胜感叹！当即命宫女闭户掩窗，并示意她们退去。

此刻玄宗一人独坐，室内极为静寂。玄宗抬首仰视墙上的一张画像，为了仔细端详这张画像，颇嫌这盏油灯的光线太暗，特再挑灯凝视。

杨贵妃的画像。

玄宗眼看着画像上杨贵妃的面容和两弯眉毛，若有所思地——

这时，高踞在殿上的唐玄宗及其座旁的梅妃，也都在注视着杨玉环。

尤其是明皇特别在注视她，欣赏她！

随侍在侧的太监高力士，看到玄宗如此垂青一个人，这是圣上几年来罕有的事。他心领神会。

果然，玄宗看了高力士一眼，高力士赶快凑上一步，玄宗轻轻问他："这是谁？"

高力士看一看玄宗身侧的寿王瑁，低声地说："启奏万岁爷，她是寿王府中人——寿王妃杨玉环。"

声为寿王所闻，不禁惊恐起来，不知如何是好？乃向其兄忠王亨求援："王兄，这……"

忠王亨示意他不要声张。

妃嫔甲、乙在池边一角窃窃私语。

妃嫔甲："听说圣上自武惠妃死后，后宫虽有佳丽三千，但却无一当意者，所以常郁郁不乐。"

妃嫔乙："那皇上身边的人是谁？"她抬起头来遥望梅妃一眼，说："她不是很好吗？"

妃嫔甲："是的，不过梅妃生性淡泊，素装雅服。圣上并不满意这种过于素淡的性情；今日游幸这里，脂粉队里，钗光鬓影，美不胜收，上心甚悦，看样子……唔！她用异样的目光带着笑意瞄一下杨玉环。"

画外音忽起，有人传旨："圣上受贺，各妃嫔分班朝贺。"

杨玉环已由侍儿换好服饰。有人在说："高公公来了。"

杨玉环回头看时，高力士已出现在她身边，并对她叮咛着："新妇初次觐见，须留意皇家礼仪！"

玉环深表感谢地说："多望高公公指点！"

各妃嫔依次上殿参拜。

轮到寿王妃时，玉环从容而出，风韵万千、款款上殿，飘飘欲仙，像一道闪电似的照亮了整个殿堂。真使两旁六宫粉黛，黯然失色。

玄宗对着玉环痴然凝视，惊为天人。

全堂气氛，此时进入喜悦的静默中。

还是玉环打破沉寂，上前参拜如仪，并发出嘞嘞莺声："臣妾杨玉环叩见圣驾，愿圣上万岁，万岁，万万岁！"

玄宗有些紧张地说："快、快……快平身。"

玉环满心喜悦，深为感恩地说："谢陛下！"玉环起立，对皇上回面轻睐，意态自若！

玄宗不禁为之魂夺！

高力士看在眼里，发出会心的微笑！

梅妃不值一哂！

寿王蹙眉！

每个人怀着各自不同的心情，或思索，或探索。此中微妙，尽在不言中。

（四）宫廷一角

明皇倚在龙案上翻阅折子，但他倦于政事，无心批阅。高力士手捧奏本，上前跪奏："启奏圣上，寿王妃杨玉环自愿出宫，度为女道士，请圣上定夺。"

明皇微笑颔首，提笔直书：

"敕封左卫中郎将韦昭训之女为寿王妃。钦此。"

明皇书毕，递与高力士。并嘱力士："杨玉环赐号太真，且向太真宫暂住几时，他日待诏进宫。"力士领旨。

这时一个老黄门领户部侍郎杨琨入宫朝见。

杨琨手捧奏本，上前跪奏："臣户部侍郎杨琨启奏陛下，近几年来，民间生活困苦不堪，怨声载道……"

画外音：老百姓至今还怀念开元盛世，称颂着陛下知人善任、虚心纳谏。姚崇、宋景两位贤相的政绩，使我大唐政治清明，民间安居乐业，出现了唐王朝高度繁荣的鼎盛时期……

与上列画外音同时，画面上出现了当年唐帝国京都长安城的繁荣景象：

街上熙熙攘攘，车马不绝。国内各族人民，穿戴着各民族服饰，纷至沓来。还有外来的大食、波斯、罗马、印度、日本、朝鲜和中亚各国的使者、商贾、僧侣和学生等前来进行贸易或观摩学习，起着交流、传播中外文化的作用。

市面上茶坊酒楼，食客盈门，酒菜丰盛。

市内各行各业，特别是丝纺织业，尤为发达。纺织技术也很精巧。如经过精纺巧织出的"毛裙"，合百鸟毛，正看为一色，旁看为一色，目中为一色，影中为一色，百鸟之状，并见裙中，中外人士，争相观看，赞不绝口，叹为奇观。

还有街头巷尾，百戏杂陈，围观者甚众，煞是热闹。

明皇听得津津有味，甚为得意。

画外音："村舍田野，男耕女织，兢兢业业，一片兴旺景象……"

与上列画外音同时，画面上出现：

村妇在机上织绢……

农夫在田间耕作……

广阔田野里果实累累，稻香千里。

遍地牛羊，鸡鸭成群。

家家在淘米、煮饭和酿酒。

户户在裁剪新衣。

村头田野，儿童在嬉戏，欢声一片。

到处是一片丰收景象。

恢复原景，杨琨在续奏：“这都是陛下和姚、宋两相当年做出的丰功伟绩，黎民百姓是永远不会忘记的……”

明皇听得笑逐颜开，颇有自豪感。

接着，杨琨率直地奏道：“可是，如今呢？……”

画外音：“如今是，城市萧条，田园荒芜。官僚富豪兼并土地，农夫可耕种的田地越来越少，加上高利贷的盘剥，生活日益贫困。农夫终年辛苦，一年收获，还不够完租纳税、偿还旧欠，逼得他们只好卖田卖地卖儿女！长此以往，于国于民，实不堪设想！……”

与上列画外音同时，画面上出现：

长安街上冷冷清清。

只有几家“便换所”门前，有一些人在进进出出。

有一家“高记便换所”，规模较大，进出的人较多。

还有一家“李记便换所”，其规模和进出的人，都超过前者。

李记店内经营的各项业务，甚为繁忙，立柜者忙于接待各种顾客。有公差解来的钱粮，有商贾交存的汇款，有田夫比期的贷款……柜内工作人员，边收边付，边打算盘边登账。

柜台一角，有一田夫正在卖田契上用颤抖的手在画“+”字和捺指印。

柜上人指出该田夫卖田所得，除偿还旧欠本利外，尚有余额若干交给他：“这是你还清旧欠外的余额。”

田夫手中拿着这余额几串钱，怅然若失地走出门去。

街头一角，一老农手里捧着几串钱，正在把身边一个面黄肌瘦的小孙女交给一个陌生的中年妇人。

小女孩哭着不肯去。

老农夫哄着孩子说："好孩子，你去，去了不会饿肚子——有饭吃！"

孩子仍哭着说："不！好爷爷，我要回家去！"

老农夫流着泪说："好孩子，别回去，回去要陪着全家饿死的！"

那个陌生妇人也来拉着小女孩的手说："小姑娘，别哭了，你跟着我去，有饭吃，还有糖果吃！"

小女孩挣脱那妇人的手，突然转过身去紧紧地抱住老爷爷，"我饿死也不去，好爷爷，好爷爷，快带我回家去！"

刚卖田的农夫，看到这悲惨的事儿，看看自己手里的钱，毅然对老农夫说："老伯伯，你就把钱退给她吧。我这里还有几个钱。"说着就把钱送过去。

老农夫："不，多谢；这怎么行？……"

卖田者："不要紧，你先用了再说。"

与上列画面的同时，适当地插入明皇面色的变化，由笑逐颜开渐变成怒容。

明皇怒形于色地对杨琨说："不要说了，你说这些，有何根据？必须照实说来！"

杨琨思索一下，内心独白："有！陛下身边即有此等人。"不禁朝高力士看一眼。

高力士似有所觉，怒目对之，杨琨想说什么，但不敢说出来。

高力士恐他再说什么，迅即厉声地插言："杨侍郎，不许胡言！如挟嫌诬告，要办欺君之罪！"

杨琨战战兢兢地说："绝不敢诬告，我说的句句是实，请圣上明鉴！"

明皇厌闻国事，显得很不耐烦状。转对高力士说："这事究竟如何？都交给你去办理！"

高力士领旨，即利用此机，向外高叫："来人呀！"

四卫士应声而至。高力士对他们下令："把他杖逐出宫！"

四卫士即把杨琨拉出去。

高力士面朝杨琨的背影，冷笑。

（五）太真观内

官女双手捧着盘，盘内盛有贵妃冠带、官服和各种头饰等物。

有官女正在为杨玉环换装和整理头上饰物。

杨玉环坐在妆台前，对镜（铜镜）端详。

杨玉环顾盼自如，喜形于色。

（六）凤凰园正殿

杨玉环进见之日，凤凰园中，花灯照壁，锦绣铺地；线球低悬，红烛高照。

盛大的册封典礼正在开始。玄宗升宝座，亲王朝臣分列两旁，气氛庄严肃穆，情绪热烈，专候迎亲队伍的到来。

稍后，高力士手捧封册制诰，在一片鼓吹盈耳笙箫沸腾声中，领众执事仪仗陆续进宫。

随后，纱灯提炉，宝钗羽扇，宫女多人簇拥着一位天仙似的丽人——杨玉环冉冉而来：

玉环至帝座前，行大礼参拜。

帝亲至座下，扶起、赐座，受贺。

亲王朝臣等开始分班拜贺。

（七）凤凰园偏殿

册封礼成后在凤凰园偏殿，赐宴群臣。

玳瑁筵开、烛炬贯龙。上座玄宗，贵妃侧席。锦绣纱幛。

幛外列席如钻星，亲王大臣等都参与这一盛宴。

不久，红氍毡上，梨园笙歌清越，秀女舞衫回旋，玉佩锵锵，鸾声嘤嘤！

接着，进觞赐采，极一时朝仪宴庆之盛。

（八）贵妃院

当晚洞房中，花团锦簇，银烛金奁，与珠光宝气、玉娇花柔之贵妃相映照，更显其旖旎妩媚。

“御宇多年求不得”的明皇，今晚，一个天仙似的人儿居然降临到他身边来了，他内心的喜悦可以想见，不禁爱如至宝。

这时宫女捧着银盘送来交杯酒，玄宗亲递一杯给贵妃，然后自取一杯，欣然举杯与贵妃共饮之。

宫女二人在房内一角窃窃私语。

一宫女对另一宫女轻声地说：“永新姐姐，你看万岁爷和娘娘多亲热呀！”说着，有点羡慕状。

永新对她说：“念奴妹妹，别啰唆！”并拉拉念奴的衣服，示意她退出。

永新、念奴轻手轻脚地退了出去。

这里，暂时静默了一会儿。

明皇见房内宫女都已退去，乃袖出金钗、玉钿，赠予贵妃作为定情的信物，满心喜悦地说：“愿我们的情爱，像金钗、玉钿这般坚固！”

贵妃得此殊宠，深为感动，不觉跪下谢恩：“陛下！”多少深情蜜意，尽在这一声轻唤中！

玄宗即用双手把她扶起来。

此时鼓乐沉沉，两情脉脉相对，非言语所能形容。

（九）朝堂连台阶

翌晨，朝堂外台阶上，文武百官伫立候朝。

唯殿上静寂，久无声息。

诸朝臣面面相觑，渐露惊讶之色。

（十）贵妃院外

贵妃院外，日上三竿，阳光照射到宫门边。

有一人在门边踯躅徘徊，不时在寝宫窗外探头探脑地向内窥视。这是高力士在候帝上朝。

唯见窗内重帘低垂，寂无声息。

高力士焦急之余，忽有所思，决然离去。

（十一）朝堂连台阶

诸朝臣久候圣驾不至，有些人交头接耳在说着什么。

忽闻脚步声，大家正拟上殿迎驾，不料宫门开处，出来的却是太监高力士，真有些使人啼笑皆非。

高力士传旨："各位亲王大臣听着，圣上有旨：有本明晨早朝启奏，今日退朝。"

诸朝臣不明所以，纷纷退去。

（十二）朝堂

朝堂上，玄宗据宝座，忠王亨、寿王瑁等环侍左右。

文武百官，分列两旁。

高力士传旨："各位亲王大臣听着：有本逞奏，无本卷帘退朝。"监察御史周子谅，即跨前一步，躬身奏道："臣监察御史周子谅启奏陛下，凉州都督牛先客无才，不孚民望，请予惩处。"

玄宗瞥了一眼周，不语。

中书令张九龄也上前奏道："臣中书令张九龄启奏陛下，臣同意周御史所见，牛先客起自胥吏，目不知书，且闻将拜为尚书，臣以为不可。如陛下必用此人，臣也耻之。"

玄宗恼怒，仍不语。

张九龄又奏关于宫中废立事："臣以为宫中废立，事关国本，不可不慎，原太子瑛、鄂王瑶、光王琚，皆已成人，不闻有过，陛下奈何听信宵小谗言，凭一时喜怒，将三子废作庶人，欲图另立。陛下必欲为此，臣不敢奉诏。"

玄宗横视周、张一眼，对他们所奏，颇感不满。

李林甫善揣上意，起而反对周、张二人，上前奏道："臣李林甫启奏陛下，臣以为太子废立系主上家事，外人不得干预。"

玄宗对李首肯，表示满意。

张九龄对李所言，表示抗议，仍上前直奏："臣以为太子废立，系天下大事。昔晋献公听骊姬之谗，杀申三，三世大乱；汉武帝信王充之诬，罪戾太子，京城流血。由此观之，此事不可不慎。"

李林甫复起而争辩道："此种危言耸听，是何居心？臣以为这是对皇上的大不敬，应办欺君之罪！"

张九龄气愤不堪，怒声予以驳斥："这是对我的污蔑，恶意中伤。事关紧要，不得不请圣上三思……"

帝怒甚，挥手制之，当即下旨："周子谅诬陷忠良，着即杖死朝堂。周子谅系张九龄所荐，贬张九龄为荆州长史。所遗中书令缺，由李林甫擢代。”

高力士向殿外使个眼色，立即拥进来几个卫士，将周子谅拉出去，把他按倒在地，并把他的衣服剥去。

这时诸朝臣中，除李林甫及其同伙外，莫不义愤填膺，面面相觑，怒形于色！但无一人敢言者。

张九龄的愤慨，自不待言，这不仅是为了他们自己，而更重要的，由此言路塞绝，朝中无正人，左右皆宵小，如此情形，后患何堪设想！

张九龄的内心独白：

“开元之初，谏者受赏，今则受诛！由是朝中谄谀成风，奸宄得志。一旦祸乱将至，无一人敢言，更无一人敢以实告。念及邦国前途，怎不令人浩叹！”

（十三）御书房一角

高力士跪在玄宗前，正在禀报关于李瑛、李瑶、李琚等三庶人奉旨赐死事：“启奏圣上，李瑛、李瑶、李琚三庶人已于今日拂晓遵旨赐死于城东驿。谨此禀报。”

玄宗闻报，不禁惊讶地：“哦！……哦……”

玄宗忽在耳边似乎听到李瑛等三子哀求饶命的声音……

画外音：“父皇饶命！父皇饶命……饶命！”

接着又在眼前幻现出：

在晓雾朦胧中，李瑛及其两兄弟（李瑶、李琚）等三人抖索着站在旷野里，手里各执一杯毒酒，遥望着远处丛林里一个巨大的黑影，迫不得已地用颤抖的手举起杯子，含泪吞下。

但见一只酒杯坠地碎去，接着第二只、第三只酒杯相继坠地碎去！

明皇的一颗心，也随着坠地的酒杯，向下沉去！沉去！接着又好像听到三人哭泣着呼叫：

画外音：“父皇，你可知道，这是陷害！陷害！………这是冤枉！……冤枉呀！……”

明皇不禁用双手蒙脸，伏倒在书桌上。

高力士起身，到帝身边：“陛下……陛下……千万保重！”

玄宗渐渐地抬起头来，像做梦似的问高力士：“有人说，他们三人结党，要谋害惠妃母子二人……也有人说，这是后宫争夺储位（皇位继承权），蓄意诬陷……”

高力士皱起眉头，不假思索地说：“奴仆以为，推长而立，名正言顺，谁敢抗争？”

明皇至此，意乃决。对高曰：“尔言是也！”

明皇即令力士：“即宣诏于宫中，敕立忠王（亨）为皇太子。”

（十四）东宫

太子亨坐殿上，旁立内宦李林甫。

正在接受百官道贺。

其中杨国忠出班上前道贺，有些趾高气扬地说：“臣杨国忠道贺殿下，愿殿下千岁！”

接着李林甫朝前一步，有些不自然地恭身道贺：“臣李林甫道贺殿下，恭祝殿下千岁！”

太子睁目向李林甫睁视了一下。

李林甫前曾属意以寿王立为太子，心有余悸，不胜惶恐地俯下身去。

杨国忠看到李林甫的窘态，嘴角不觉浮起了一丝冷笑。

（十五）贵妃院中

杨贵妃正在妆台前对镜画眉。

永新、念奴在收拾房间。念奴一不小心，将一古色古香的花瓶撞落地上，砰然碎去！

念奴惊骇得什么似的！

永新的惊惶和对念奴的埋怨。

贵妃回首看到——粉碎在地上的古董花瓶。

贵妃心里一怔，手里的眉笔不觉落下，张目对着念奴谴责地说：“念奴……你！……这是皇上最喜爱的一只古董花瓶……”

念奴吓得呆若木鸡！

贵妃有些颤声地说：“现今打碎了，这可……”

念奴吓得嗯的一声哭了起来！

贵妃怒视念奴：“哭有什么用？还不赶快把它收拾起来！”

念奴止哭，永新帮着她收拾地上的碎片。

幕外音：“万岁爷驾到。”

贵妃等忙着迎驾。明皇入，忽看到永新、念奴手上的花瓶碎片，一下子震怒起来，厉声地说：“嗳！……谁？”

念奴全身战栗起来，两片嘴唇一张一弛地想说什么而又说不出来。

贵妃诚惶诚恐地说:“启禀陛下,是臣妾不小心,把它打碎了……”说着，很难过的样子。

明皇转怒而抚慰地说：“这没什么，打碎了，也就算了。贤卿不必介意，回头我叫人到库房里找一个出来就行。”

念奴心里的感谢，真是无法形容，落下泪来，但又怕露出什么破绽，连忙回过身去揩干眼泪。永新也松了口气。贵妃为了缓和一下刚才较为紧张的气氛，一面又重新拿起画眉笔来，一面回转头去娇声地对着明皇说：“陛下，臣妾刚才画的眉毛，不知深浅入时否？

还望陛下多多指点。”说着，向他嫣然一笑。

明皇也欣然地跟着贵妃笑了起来：“那还有何话可说，贤卿的眉毛，远似青山，近比未央宫前两片细长的柳叶还要柔美！”

贵妃感恩地说：“得到陛下的夸奖，那我可太高兴了！”忽然又想起一件事，沉思了一下，想说点什么，但又感到有些为难。

明皇有些奇怪地问：“贤卿怎么啦？”

贵妃婉转地说：“臣妾深蒙圣上的宠爱，恩比海深，感同天日，只是舍间还有三姐妹，她们不能与臣妾同享荣华，于心不安！”

明皇知其为三姐妹讨封，哈哈一笑，慨然地说：“当即使中官宣诏宫中：敕封大姨为韩国夫人，三姨为虢国夫人，八姨为秦国夫人。所有车服邸第同于王室。”

贵妃喜极，即跪地谢恩：“谢陛下！”

（十六）贵妃院客厅

韩国夫人正欣喜地跪地谢恩：“谢陛下！”

明皇对韩国夫人说：“平身。”

接着，既美又艳的虢国夫人满怀欣喜地跪地谢恩：“谢陛下！”边说边含情地凝视明皇，而明皇也正在注视她。

明皇不觉亲自起身扶她起来，两人四目又对视了一会儿。贵妃似有所觉，面上有些不愉之色。

秦国夫人接着跪地谢恩。

明皇不待她说什么，连忙嬉笑地说：“好了，大家已是一家人，不必再来这套繁文缛节了。刚才朕和玉环正在掷骰子玩，大家快来参加。”

明皇即领了她们围着桌子坐下。桌上正摆着骰子等物。

明皇对众说：“我做庄，你们快下赌注，多多益善。”

贵妃与三夫人纷纷下赌注。

结局是贵妃与三夫人皆为明皇所败。

明皇兴高采烈地用双手掳进桌上所有钱钞，同时对众笑着说：“通吃！”

三位夫人赌输后，有些懊丧。虢国夫人狡巧能言，佯说：“连脂粉钱都输光了，以后都要变成黄脸婆了，这如何是好？”

明皇笑着说：“不必叹苦经。”说着，转对随侍在侧的高力士说：“即由内库岁给三位夫人万贯钱钞，作为脂粉之资。并可在乡间为三位夫人各置脂粉碾一轮（利用水力发动舂谷麦工具。高力士、李林甫和诸王公均有此经营，以获取私利。）以资补贴。”

同时，明皇又对高力士询及杨国舅和三位夫人新建邸第事：“还有，三位夫人新建邸第工程，进行得如何了？”又说：“邸第但力求壮丽，不计财力。”

高力士答：“禀报圣上，杨国舅和三位夫人新建邸第工程，正在加紧进行中。”

三夫人所愿得偿，皆大欢喜。

明皇纵情声色，挥金如土，于此可见。

（十七）城郊建筑工地

杨国舅和韩国、虢国、秦国三夫人新建邸第工程，正在半城半乡一大片土地上热烈进行。

路口高竖着一块木牌，牌上写着：“工程重地，闲人莫入。”

整个工地，占地甚多，分成四大块，即为四个新建邸第之基地。四个邸第既各自独立又互相毗连。

工地上有搬运材料者，有垫地、平地者，有挑土者，有部分在排墙基者，也有部分已在墙基上竖起木柱屋架正在砌墙者。若干监工手执皮鞭，往来巡视，遇有稍不称意者，即抽上几鞭，显示他的威风。

（十八）工地一角，连张小虎家内外

新建四邸第这一大片工地，大都是强占民田，强拆民屋，只给少数一点补偿，置百姓死活于不顾。弄得多少人家倾家荡产，无以为生，尤以张小虎家受害最烈。

圈进工地内的所有民房，在官府的暴虐淫威下，大都已拆除，满地是断砖碎瓦。有些屋主尚在瓦砾堆中捡寻些什么。

监工来赶他们走，他们抗拒地说：“那有这个天理王法？咱在自己的房子里寻找自己的东西，为什么不可以？”

还有一部分民房，这时正在拆除中，屋主及其几个小孩，冒着危险去抢救还遗留在屋内的一些破旧家什，但被监工半拖半拉赶出来。

张老汉端起一张凳子，放在屋中央，端端正正地坐了下来，他要和这屋子共存亡！

工地掌固前来用力拉他出去，但他拼死不肯走，用浑身的力气死抱住一根柱子，愤愤地说：“这是咱家世居几代的老屋，老汉宁可死在这里，也不离开它！”孙女小妹进来哭着叫：“爷爷！爷爷！”

掌固再三拉老汉，但他紧抱着柱子的两只臂膀，仿佛生了根似的，怎么拉也拉不开。小妹拉着爷爷的衣服，哭得更凶了。

掌固恼火了，厉声地说：“好！你再不走，我可不客气了！”屋内外一时陷入紧张的静默中！

掌固稍顿一下，即对拆屋人员坚决地下命令：“拆！”

拆屋人拿起火钩、铁搭准备动作时，看张老汉仍抱着柱子不放，不觉迟疑起来。

掌固亲自动手，把火钩搭到屋梁上去。

这时张小虎刚从外面回来，看到这危急情况，立即跑进去拉他父亲：“爸爸！危险！”

老汉一松手，小虎驮着老父向屋外奔去，匆忙间，老父头上的一只旧毡帽碰落在屋内，跟随在他们后面的小妹边哭，边捡起地上的毡帽。

就在这时，轰然一声，屋子塌下来了，小妹被压在里面。

众人纷纷呼叫起来："救人！快救人！"

围观众人都去参加抢救。

众人从屋内抬出小妹时，她遍身是伤，到处血迹斑斑，眼角还在出血。

一会儿，小妹从昏迷中苏醒过来，她嘶哑着声音叫着："眼睛！……啊哟……我的眼睛！……我的眼睛！……"

张小虎看到其女小妹受重伤，心头的一股怒火直往上冒，他转动着灼灼逼人的目光射向掌固，然后迈开脚步，一步步地向他逼近。掌固看到他来势汹汹，不自觉地向后退了一步。

小虎跨上一步，一言不发地朝他胸口就是一拳！

掌固狂叫："你反了吧？你敢打人！"正准备回手时，小虎对着他又是一拳。

两人开始扭打起来。

观众中有一人预备上去劝解，另一人拉他的衣角，两个人现出会心的笑意！

掌固远非张小虎的对手，不一会儿，小虎就把他打倒在地。

掌固爬起来，一面吹起哨子，一面狂呼："来人呀！……抓人！快来抓人！"

小虎再上去把他打倒在地上，然后转身朝外走去。

围观者快意的笑脸。

受惩者从地上爬起来，看到小虎正向外走去。他又威风起来，对着小虎的背影咬牙切齿地说："哼！看你逃到哪儿去？"

（十九）监狱

监狱内各间牢房，都已人满为患，但狱卒仍将一批捆绑着的犯人，向各间牢房里塞进去。

其中一间牢房，张小虎在内。房内犯人，有的躺着，有的半躺着，更有的人抱着双膝坐在地上。人与人之间挤得很紧，几乎没有一点空地。

这时张小虎正攀着铁窗向外张望，看到一狱卒押着一个带有脚镣的犯人向这里走来。走近时，狱卒用钥匙打开牢门，就把这个犯人朝里狠狠一推，那个犯人立即倒在地上。一些老犯人看惯这种事情，并不感到惊奇；而刚来不久的张小虎气愤不堪。但更残酷的事情，又出现在他的眼前。

牢门开处，狱卒拖着一个遍体鳞伤、血迹斑斑的人进来。这是刚上完刑的犯人。狱卒把他半拖半拉地弄到一个角落里。

大家看到他伤势很重，有一处还淌着血。等到狱卒走后，就有几个人过来招呼他，为他揩脸，揩伤处，还有的端水给他喝。小虎为他揩洗血迹，并撕开身上的一角衣衫，替他包扎伤处。

受伤者饱含感激的泪水，向大家表示谢意。

一个书生模样的人同情地问他："你触犯了什么王法，给他们严刑拷打成这样！"

被害者一再摇首不语，只是饱含冤屈悲愤的眼泪泉涌般地落下来！

书生感叹地说："这真太残酷了！"

受害者痛苦地说："这是冤枉，天大的冤枉！"说着就忍不住哭了起来！

书生向他摇手，劝他："别哭，不要让外面听到，到这里来的人，大都是受冤屈的。"

众人有所触动，显得异常痛恨，十分悲愤。

书生又对被害者说：“冤狱遍天下！可是，你到底是怎么回事？”

受害者恨恨地叹了一口气，轻声地说：“我……我……我是当今皇太子韦妃的哥哥，姓韦名坚。受人诬陷，才落得这个地步！”

众人惊异，小虎插言：“你是皇太子的至亲，谁还敢陷害你？”

韦坚轻声地说：“有，一个大奸臣，就是‘木子’这个老混蛋！”

书生略思一下：“木子？……哟，李林甫这个坏蛋！他专搞阴谋诡计，假手他人，诬告不肯顺着他的正直人士，造成多少冤案惨案！”稍顿，又有些不解地问：“可是，他怎敢陷害太子身边的人呢？”

韦坚沉痛地哀叹一声，说：“这……这太可怕了！”想说又说不下去。

小虎插问：“到底是怎么一回事呀？”

韦坚终于低声地道：“这老贼能窃居相位，是依靠皇上曾经宠爱过的武惠妃的提携，他为了报答惠妃，两人勾结起来，陷害了原太子瑛，想让惠妃所生的寿王瑁继承储位；后来皇上决意立忠王亨为太子，老贼深恐对他不利，乃千方百计加害太子。先是以莫须有的罪名投我入狱，接着就严刑拷打，逼我招认太子曾在我面前恶意中伤父皇，说他只知迷恋杨妃美色，饮宴作乐，不理朝政。……我怎么能承认呢？……我自知不免一死，但这是天大的冤枉！”

书生愤然地说：“李贼丧尽天良，如此阴险毒辣，天下百姓是不会饶过他的！”

小虎义愤地说：“这天大的冤枉，为什么不上告？”

韦坚无可奈何地说：“上告有何用？告来告去还不是告在他们手里？皇上日夜陪杨妃玩还来不及，哪还有工夫去过问这些事？”

大家不胜慨叹，只能以沉默表示抗议。

（二十）沉香亭

风光明媚，百花盛开。

沉香亭前的牡丹，开得尤为茂盛。

明皇同贵妃正在亭中赏花，高力士随侍在侧。

明皇兴至，即命高力士：“传旨乐工李龟年，率领梨园子弟来此承应。”

高力士遵旨。

明皇含情凝视贵妃，笑逐颜开，欣然地说：“今日对妃子，赏名花，梨园旧曲已不耐烦听它。应将诗人李白所作新词，乐工李龟年所配新谱，试奏一番，并烦妃子为朕歌之，朕当亲弄玉笛以和。”

李龟年领梨园子弟上亭，跪奏：“乐工李龟年叩见万岁爷、娘娘。”

明皇：“李龟年，诗人李白新作《清平调》词三章，可曾练熟？今日不妨演奏一番。”李龟年：“领旨！”

李龟年指挥梨园子弟开始演奏《清平调》乐曲，明皇亲按玉笛以和之。

贵妃悠婉的歌声随着乐声而起！

云想衣裳花想容，
春风拂槛露华浓。
若非群玉山头见，
会向瑶台月下逢。
一枝红艳露凝香，
云雨巫山枉断肠。
借问汉宫谁得似，
可怜飞燕倚新妆。

名花倾国两相欢，
常得君王带笑看！
解释春风无限恨，
沉香亭北倚阑杆。

歌声中可插入相应的画面。

贵妃歌毕，明皇赞誉备至：“妙哉！李白锦心，妃子绣口，今日两美俱备，可称双绝！”

（二十一）骊山

炎炎盛夏，烈日如火。“知了，知了”，蝉鸣不已。

山麓农田龟裂，禾苗枯萎。

田夫、农妇用木桶担水灌田，汗流如雨！

山间飞瀑四溅，清风徐来。这时避暑骊山的明皇与贵妃，正在绿荫下、流泉边清游小饮。

贵妃随意摘着路边的野花，一朵朵地投入泉水，看着它随波流去。

明皇看到贵妃刚摘到一枝鲜美的野花，乃取过来亲自为她插在鬓边，端详着说：“妃子戴上这枝野花，越显得别有风韵！”

贵妃回眸一笑，娇媚地说：“可是真的？”她不觉俯下身去对着清泉照看自己，欣赏自己。

倒映在碧波里的一双俪影。

（二十二）曲江边上

通往曲江的大路上，游人络绎不绝。

明皇与贵妃以及杨家兄妹等趁这天高气爽、金风飘香的季节，结队同游曲江。

明皇此次游幸曲江，杨氏兄妹五家扈从，每家为一队，著一色衣，五彩缤纷，相互辉映，如百花之焕发。

前列开路禁军队，众内侍护持明皇銮舆，缓缓行来。銮舆后为贵妃凤车，又后殿以三夫人等香舆，锦幛绣幔，灿烂夺目，十里香风，浩荡而来。

一路过处，遗钿坠镯，落于路旁，游人争拾之。

有的拾到一枝簪子，是金的，上面镶着一粒绯色的宝石，有的拾到一只凤鞋套儿，鞋尖上镶有一粒珍珠，正用力把它摘下来……他们在互相玩赏这些珍宝，大家庆幸着今天的好运道。

（二十三）曲江

曲江风景区的一角，在一处风景幽美的地方，贵妃和大姐、八姐、兄嫂等人围坐在一起，正在玩着一个小小的游戏。

御厨陆续送来一担担的山珍海味、酒饮糕点以及各种饮食用具。

御厨班首躬身向贵妃请示："禀报娘娘，今日饮宴御膳都已送到。奴仆等专候吩咐，何时开宴？"

杨国忠抢先吩咐："立即开宴，咱肚子饿了！"

大姐阻之："不，等万岁爷驾到。"

贵妃忽然想起点什么，说："怎么三姐也没有来？"

念奴在旁告知："万岁爷正和三姨在江边看捉鱼。"

贵妃有些诧异地说："看捉鱼？"

念奴说："是的。看一只只鱼鹰钻到水底里去捉鱼，把一条条活鲜鲜的鱼衔到水面，送到老渔翁的手里去。真好玩！万岁爷还说，他们要坐船游湖去，特命我回来禀报娘娘，叫大家先用膳，不用等他们。"

贵妃听她说得活灵活现，不觉在眼前幻现出：

渔船上一个老渔翁，正赶着一群鱼鹰钻到水底里去捉鱼。

不一会儿，果然一只只鱼鹰嘴里衔着一条条活鱼向渔船边送去。

这里明皇和三姨正在并肩欣赏一只鱼鹰衔着一条大白鱼，白鱼在挣扎着，而鱼鹰却更加使劲地咬住它不放。他们看得可高兴了，真是兴致勃勃，情趣盎然！

离江边不远处，停着一条画舫，他们兴冲冲地向那边走去，到了船边，明皇便扶着虢国夫人到船上去。

船艄头船娘开始摇橹，水面上微微泛起几朵浪花。

船儿在碧波里轻轻荡漾。

船娘继续摇橹，逐渐使劲地摇起来，水面上掀起了一阵又一阵的浪花飞舞，飞舞……

贵妃回味这一幻现出的印象，沉思了一下，忽然对大姐说："大姐，我们也去看捉鱼，同时也可禀报圣上，御饮都已送到。"

大姐尚在考虑中，而贵妃却拉着她向江边走去。

杨国忠正在无聊，御厨班首送来几盘糕点："国舅爷肚子饿了请先吃点糕点。"

国忠正需要，连声说："好、好……"并叫他夫人也来吃点，夫人笑嘻嘻地摇首谢绝。

于是他津津有味地吃起来。

不一会儿，御厨又送来一瓶名酒和若干酒菜。

国忠似有所顾虑，但他本是一个酒徒，看到这瓶名酒，不免有些垂涎欲滴。

御厨投其所好："国舅爷喝吧，喝完了奴仆再去拿。有的是。"

于是一人独酌起来。

他边喝边说："好酒，好酒……"一口接着一口，喝得得意非凡。

贵妃和大姐走了一段路程，大姐想得很多，考虑的结果，觉得还是不去为好。于是对贵妃说："妹妹，我们在这儿息一回再走。"说着就拉贵妃在一块石头上坐下。

贵妃看看她的神色，知道她像有什么话要讲，也就不走了。

大姐拉着贵妃的手："妹妹，今天做姐姐的，有几句心里话要对你说。"

贵妃默默无语，只是在等她说下去。

大姐看她没说什么，就直爽地对她说下去："妹妹，我们是从小一起长大的，知道你的脾性，小时就很任性，惯惯了娇憨。可是，这里不比在家里，俗话说：伴君如伴虎，处处要小心，事事要谨慎，皇家礼仪，差不得一点儿。”

贵妃似懂非懂地说：“姐姐，我知道，可是……”想说又说不下去，心里有点不自然，眼眶里湿漉漉的。

大姐继续说下去：“我知道你的心思……”稍顿：“自己的亲姐姐嘛！”

贵妃随口应着：“亲姐姐？”说着，隐含眼眶里的几滴泪花几乎要跌落下来，连忙回过头去忍受着。

大姐进而开导她：“妹妹，要知道，天子有三夫人，九嫔，二十七世妇，八十一御妻以及后宫才人，乐府伎女等等，谁能干涉得了他？平心而论，皇上对妹妹的恩宠特殊，可称是绝无仅有，妹妹还有什么不满足？”

大姐这番话，贵妃听得似有所感动。

大姐顺势拉着贵妃起来，“好吧，回去迎候圣驾。”

贵妃随着大姐走去，走了几步，又不知不觉地回转头去看看江边。

大姐以目示意她别再看什么。贵妃只得跟着大姐缓步走回去。

一阵萧瑟的秋风吹来，路边树上的黄叶，一片片飘落下来。落到地上，寂然无声。

（二十四）梅林

朔风凛冽，天寒地冻。但明皇与贵妃逸兴遄飞，他们连辔并马游梅林。

高力士随侍贵妃马首，执辔缓行。

行至梅林，时梅苞初放，冷香四溢，沁人心脾。他们不觉驻马而望——一片香雪海，一望无际。

贵妃不禁赞叹说：“啊，多美呀，这一片梅林！”

明皇脱口而出："啊，久违了，梅林！"言下有些慨然之色。

贵妃以鞭梢指远处，问："梅林尽头是何处？"

高力士随口而答："是梅娘娘所居之梅宫。"

贵妃一听到"梅娘娘"这一称呼，不觉在脑际立刻闪现出——

在华清池坐在明皇座旁的一个淡妆素净的梅妃。

贵妃一想到梅妃这个人，面上不觉出现一些不快之色。

而明皇目见梅林，则不禁触动旧情，怅然自语地说："一年一度的梅花又开了！"

（二十五）新建邸第外貌

新建邸第，建筑规模宏丽，气势雄伟。四家府第毗连，而又各具特色。栋宇之盛，两都莫比。此时门前车水马龙，热闹非凡。

（二十六）邸内花厅

进入邸内花厅，则炭火熊熊，灯烛辉耀，照映着雕梁画栋，美轮美奂，多彩多姿。

而厅内陈设，则瑰丽典雅。古物珍玩，名家书画，还有临摹敦煌的飞天壁画，栩栩如生。真是琳琅满目，美不胜收。

前来贺喜并饮宴者，均系达官贵人，尤以贵妃亲临参与，益增光彩。

以虢国夫人为代表的女主人，对宾客招待殷勤，席上频频劝酒，宾主开怀畅饮，杯觥交错，欢声笑语，满室生春。

但这时窗外，却是朔风凛凛，大雪纷飞。

（二十七）窗外街道

在朔风凛凛，大雪纷飞中，一老人牵一盲姑娘正在沿街卖唱。这就是无家可归，流落街头的张老汉及盲孙女小妹。

歌词：

天苍苍，地茫茫。
连年祸患加灾荒，
家里没有隔宿粮，
官府催租赛虎狼！

逼得男儿去逃亡，
少女沿街来卖唱，
多少苦难唱不尽，
满怀哀怨对谁讲！对谁讲！

（歌声中，可酌量插入一些相应的画面。）

雪下得更大了，风也刮得呼呼地响。

在这满天风雪中，老人和盲歌女步履艰难地向前走去。盲歌女脚下忽然给什么东西绊住，一下子跌倒在地，老汉急忙去扶她，发现：

一具冻死在雪地里的死尸！

他们惊叫了一声："哟！"这一声惊叫，是对死者的哀怜，也是对自己命运的感叹！

（二十八）翠华西阁

这时的翠华西阁，明皇正与梅妃倚栏赏雪。

栏杆外一株梅花冒雪开放，雪里梅香，分外冷艳。

自从杨妃专宠，明皇久疏梅妃。前游梅林触景感旧，今乘杨妃参加三夫人新邸第落成的盛宴，密令高力士以骏马驮梅妃来此幽会。久别重逢，别有一番滋味。唯梅妃以多时失宠，不免啧有烦言。梅妃感慨地说："今天不知什么风把陛下吹来的？当高公公今晚用骏马迎接臣妾来此，臣妾还以为这是一个梦呢！"

明皇笑着说："不是风，也不是梦，是朕特来看望贤卿，并想重见一次贤卿的杰作《惊鸿舞》。"

梅妃感叹地说："哟，我只以为但见新人笑，哪管旧人哭！想不到陛下还会念着我，念着《惊鸿舞》，真太使臣妾感恩不止了！"

梅妃说着，饱含着热泪跪地谢恩。

明皇边扶她起来，边抚慰她说："贤卿别这样想，快准备演奏朕时时想念的《惊鸿舞》。"

梅妃抹抹眼泪，不得不略加准备，重整红装，又悲又感，强颜欢笑地重演旧曲，以尽君欢。

（二十九）沉香亭

贵妃宴罢归来，久候圣驾不至，内心甚为苦闷，乃独酌于沉香亭以自遣。

贵妃醉意朦胧地持爵在手，随侍在侧的宫女念奴突然跪地恳求："娘娘不能再喝了！"

贵妃凝眸看了念奴一下，看到念奴眼中噙着泪水，有些感动地对她说："让我喝完这最后一杯！"

念奴无可奈何地为她倒酒。

贵妃举爵将饮时，忽闻一阵悠扬的乐声传来，她不觉惊异地问："这是哪来的乐声？"

另一宫女不假思索地说："禀报娘娘，这是梅娘娘著名的《惊鸿舞》。"

贵妃听到"这是梅娘娘著名的《惊鸿舞》"，特别是"惊鸿"二字，颇觉刺耳，手中的酒杯也掉落到地上去了。

贵妃似笑非笑地呆住了好一阵儿。

然后她颓然地挥手示意宫女扶着她回宫去。

（三十）贵妃院

贵妃回宫后，百无聊赖，不知如何是好！

念奴侍候贵妃就寝后，悄悄退去。

贵妃孤单地睡在床上，辗转反侧，久未成眠。

贵妃想到刚才在亭中听到的音乐，在耳边又响起了——

一个宫女的声音："这是梅娘娘著名的《惊鸿舞》"。

接着她想到梅妃的"惊鸿"一舞，圣上十分欣赏，颇思另制一曲，势必胜过《惊鸿舞》，以博君欢。她自言自语地不断念着："惊鸿舞……惊鸿舞……惊鸿舞！……"声音越来越低，越低，直低到听不见。

（三十一）天空（梦境）

碧空中，贵妃有如敦煌壁画中的飞天仙女，凭借着几条自然飘舞的绸带，在云霄翱翔。

但见几朵白云，在她足下消逝，满天星斗，仿佛伸手可摘。

远远望去，月宫隐约可见。

（三十二）广寒宫（梦境）

宫门上用冰雪叠成"广寒宫"三个大字，看上去有点寒气逼人。

贵妃刚到宫门前，早有月中侍儿在门前迎候，并引她进入宫内，但见玉兔金蟾，白榆舟桂，一派仙景，纤尘不染。

不一会儿，一群仙女，素衣红裳，从桂树下奏乐而来。这一钧天妙乐，好不动听，这就是霓裳羽衣之曲。

接着又一群仙女且歌且舞而来。身上服饰华丽而薄如蝉翼，披肩如彩霞，衣裙如云霓。行动起来，玉佩铿锵作响；旋转起来，如柳絮飘扬，雪花飞舞。千姿百态的舞姿，令人目不暇接，这就是《霓裳羽衣舞》。

贵妃陶醉在这歌舞声中，自思能歌善舞，但比起这钧天雅奏来，真是惭愧。因而一字字，一声声，偷将鞋尖儿轻点，按着宫商掐记指尖，以便将天上仙音，传入人世，谱入管弦，留作人间佳话。

曲终之后，贵妃要求月中侍儿："愿求月主嫦娥娘娘一见。"

侍儿答道："天色已渐明，即此送娘娘回宫。"稍顿一下，接着说："后会有期。"

侍儿即送贵妃走出宫门。

（三十三）天空（梦境）

贵妃走出广寒宫门，回头一看，宫门已紧紧闭上。

贵妃再朝前一看，则云雾弥漫，天涯无际，来时的路径已记不清楚，辨认不出。

贵妃心里一急，不觉跌落下去。

（三十四）贵妃院

贵妃一觉醒来，始知是南柯一梦。回忆梦中所见，犹历历在目。

贵妃思索一下，即披衣起身，到桌前坐下，点亮灯烛，取出纸笔，追忆梦中所闻乐曲，音节宛然，乃铺纸提笔而书：

《霓裳羽衣曲》

接着在标题下，细配宫商，试谱新曲，开始较顺利，随想随录；

其后渐感记忆不清，乃停笔凝思，待到耳边乐声依稀再起，然后再写。

但时写时停，断断续续，越来越觉得难以下笔。

虽经苦思焦虑，亦无所得，且感困倦不堪，不觉伏案睡去。

室内灯烛渐渐暗去。

天色渐明。

念奴引明皇轻轻走入。

明皇见贵妃伏案睡得正酣，不忍惊动于她，乃挥手示意念奴退去。

明皇走近桌前，见案上乐谱，乃取起阅看，看后颇觉惊奇，似乎有所发现。

明皇不禁惊叹：“好一个《霓裳羽衣曲》！”

贵妃惊醒，看到明皇突然驾临，忘了起身接驾，只是朦朦胧胧地睁开眼睛，呆呆地看着明皇。

明皇有些诧异地说：“怎么，妃子，还没有睡醒？”

贵妃还是没有说话，想到一夜的苦苦期待，忽然哭了起来！

明皇柔声地向她解释：“昨晚同几个朝臣商讨国家大事，没有工夫来；今天早朝刚罢，朕就特地赶来了。”

贵妃回转头来看了明皇一眼，说：“陛下所说可是真话？”

明皇用坚定的口气说：“朕可对天起誓，句句都是真话！”

贵妃略带讥讽的口气说：“呀！真话？那么，就请陛下说真话，昨晚……”

明皇略加思索一下说：“昨晚……我刚才不是说了吗？好了，别再提了。”即拿起手中的乐谱，转移话头说，“这《霓裳羽衣曲》，是妃子谱的吗？美极了，真是天上妙乐，迥非人间所有，可惜没有谱完。”

贵妃把明皇手中的乐谱夺过来说：“好了，别再说了。”稍顿一下，接着说：“这哪能及得上陛下十分欣赏、一再夸奖的《惊鸿舞》！”

明皇一时呆住了。

贵妃含娇带嗔地索性发泄一下心头的怨恨：“一个人眼里、耳里、心里都栽满了《惊鸿舞》，哪还能说什么真话？”

明皇面色渐变，有些恼火地说："阿环！不得无礼！"

贵妃自恃宠遇有加，满不在意地加以反讥："看来，倒是说真话的无礼，说谎话的有理？"

明皇至此，忍无可忍，乃恼羞成怒，厉声地喝道："阿环，你放肆，可别忘了我是谁！"

明皇对贵妃如此气势汹汹、声色俱厉的斥责，这使贵妃进宫以来初次尝到了皇家专横暴戾的滋味。在她惊惶之余，耳边不禁响起了大姐说过的一句话。

画外音："伴君如伴虎！"

同时在眼前幻现了：

一只金黄色的老虎正在向她扑来！

她惊惶得浑身战栗起来！

明皇向门外高喊着："来人呀！"

高力士和两个黄门即应声而来，永新、念奴也随之而入。

明皇当即下旨："即用槛车将杨玉环送出宫去，送回杨家！"

贵妃闻旨，骇极而泣！

明皇视若无睹，即转身走出。

永新惊骇莫名！念奴声泪俱下地哭了出来。

高力士无可奈何地对贵妃说："娘娘，请！"

贵妃无可奈何地跟着走去，走到门口，回顾房中的一切，不禁投下一瞥依恋的目光，而对朝夕侍奉她的永新、念奴二人，尤觉得依依不舍。

念奴走上去，要跟着贵妃走，但为高力士挥手制住。念奴眼看着贵妃走出宫门去，不知如何是好？她沉思了一下，不禁惶惑地问起永新来："永新姐姐，娘娘真的出宫去了吗？"

永新干脆地回答："那还是假的？凡是皇上讲的每句话，都是圣旨，圣旨是不能违背的，哪怕叫你去死，也只得去死！"

念奴又问："那么，娘娘从此不再回宫来了？"

永新点首："唔！"

念奴又凄然地哭了起来。

（三十五）杨国忠府第

内室，杨玉环伏案哭泣着。

大姐，国忠都懊丧地坐在玉环身边。

大姐看看玉环，又同情又埋怨地说："妹妹这般脾气，如此任性、娇憨，我早就担心会惹出事来的，今日果然闯下祸来了！"

玉环抬头抹抹眼泪，惨然地说："玉环自入宫，过蒙恩宠。皇上对我可说是百依百顺，总以为君心可托，百年偕老，谁知他为了欣赏一个能演会唱《惊鸿舞》的人，忽然间对我如此冷酷无情，这叫我怎能忍受得了？"说着又哭了起来。

侍仆来报："禀国舅爷，外面有客求见。"

国忠回顾玉环，思忖一下，对仆说："你去说国舅爷没空，今日不见客。"

侍仆面有为难状，乃凑近主人耳边低声说："客人送来满车物品，内有贵重礼物，须请国舅爷过目。"

国忠起身欲走。

大姐问："这时候，你上哪儿去？"

国忠边说边走："我去去就来。"

外室，二三仆人在搬运绫、罗、绮、缎等物进来。侍仆取钥开另一套间，里面货物堆积如山，侍仆示意众仆人将搬来物品堆入套间内。

国忠陪着客人在饮茶，他欣然地对客说："这礼太重了！"

客谦恭地说："只是点土产，略表敬意而已！"

内室，玉环仍在哭着，大姐在劝说："不要哭了，还是好好地想一想，应该如何挽救？"

国忠由外室进来，刚坐下，侍仆又来报称："又有客人来求见。"国忠问："谁？"

侍仆迟疑一下，走近一步轻声地说："就是前天送来一车礼物的那个客人。”

国忠起身想去，大姐制止说：“你还这样忙？这时候还有心思去多管闲事？还不赶快……”大姐看看侍仆在旁，不再说下去。

国忠会意，只得坐下对仆说：“你就对客说国舅爷身体欠安，今天不见客。”说着挥手叫侍从出去。

大姐郑重地说：“你怎么这样糊涂？妹妹这次的事情非同小可，有关杨家荣辱前途。还不赶快计议一下，应如何挽救？”

国忠略加思索，即说：“那……那……那我进宫去叩见圣上，恳求多多开恩！”

大姐沉思一下，说：“你倒说得好轻便！”她说着，摇首不以为然。但谁也想不出其他办法来，一时陷入沉默中。

还是玉环止住哭声，提出一条建议：“还是去找高公公从旁帮忙，请他想想办法，如何？”

大姐表示同意。

国忠大为赞成，有些兴奋地站起来说：“对！我这就去找高公公。”

（三十六）宫廷一隅

高力士正在对杨国忠说：“国舅爷所说的一切，我都领会了。”

国忠愧恧地说：“只怪舍妹太任性，她现在已经悔罪，一天到晚哭个不停，痛不欲生。只得恳求公公鼎力帮忙，如蒙玉成其事，简直是恩同再造，我杨氏一家，永远感戴公公的大恩大德……”

高力士制住他说：“别说这些。现在，一面国舅爷快回去，多多劝慰娘娘，叫她不要过于伤心，保重身体要紧；一面，我这里当竭尽绵薄，相机进行，请娘娘放心就是。”

国忠感激涕零地说：“有劳公公多多成全。”

（三十七）贵妃院

明皇朝罢回宫，人去楼空，四顾凄清。

明皇在房内来回踱步，看看妆台上贵妃平时喜爱的一些小东小西，不觉以手抚摩。见物思人，倍觉神伤。

明皇忽记起一件事来，即忙到处寻找一点什么而又寻找不到，只得询问念奴，“念奴，娘娘出宫时有张乐谱，你可知放在哪里？”

念奴答道：“禀万岁爷，可就是《霓裳羽衣曲》这张乐谱？我恐它有用，特地把它收起来了。”

明皇即说：“快把它拿给我！”

念奴即取出一张乐谱交给明皇，明皇看了一下，甚为赞叹，内心独白：

画外音：“妙哉，此乃天上仙音，不是妃子的一点灵性，有谁能谱得出来？妃子妃子，美人韵事，都给你占尽了！只可惜不是全璧，今天我试把你未完部分，续谱下去，不知能配得上否？”

明皇坐下，仔细推敲，一面用手指按拍，一面执笔写谱。有顷，写好一张乐谱，把它放在一边。

又写好一张，仍把它放在一边。

接着一张又一张的乐谱叠上去，叠成若干张。然后又把它拿起来，仔细加以审阅，把一些尚欠调匀的音节重又加以改正。

高力士前来传膳侍候，但他哪有心思进膳？纵然是天上琼浆，海外珍馐，也是食之乏味。

高力士看到明皇如此坐立不安，寝食俱废，乃乘机进言：“启禀陛下，娘娘出宫后，她已悔罪自怨，日夜泪眼不干！奴婢以为不妨令其回宫，以便侍奉左右。如何之处，恭请圣裁。”

明皇表示首肯。

（三十八）宫城便道

一辆辇车，载着民间女子装束的贵妃，从宫城便道而来，高力士骑马随侍在侧。

（三十九）贵妃院

明皇正在思考着妃子来时，应如何抚慰她才是。

高力士入报：“启禀陛下，杨娘娘到了！”

明皇欣喜地说：“快宣她进来！”

高力士：“领旨。”转对门外：“杨娘娘有宣！”

贵妃进见，俯伏在地：“臣妾杨氏见驾！死罪死罪！”

高力士悄然退去。

明皇趋前曰：“快平身。”

贵妃跪泣道：“臣妾无状，上干天谴，今得重见天颜，死亦瞑目！”

明皇即扶之起，也哭着说：“妃子说哪里话？只怪寡人一时错见，委屈了妃子！”

贵妃又跪泣谢恩：“谢万岁！万万岁！”

明皇再扶之起，见其梨花带雨，益增怜惜之情！并为她拭泪，抚慰备至！

这时贵妃看到明皇对她如此宠眷，温顺，前后判若两人，不觉在眼前幻现出：

一只温顺的花猫正向她摇尾走来。贵妃不禁转悲为喜，现出不胜欣慰状。明皇即向门外呼唤：“念奴，快来为娘娘换装侍宴。”并亲自扶她到镜台前，为之助妆理发。

念奴重又见到贵妃，喜出望外地喊：“娘娘！……”高兴得不知说些什么好，而贵妃亦有所感应。

（四十）荷亭

明皇与杨妃正在亭中欢然对酌。永新、念奴随侍在侧。

杨妃边饮边看《霓裳羽衣曲》明皇续制之曲谱，赞赏不止地说："妙极了，这《霓裳羽衣曲》臣妾未能完成的部分，都由陛下鼎力谱成了，而且谱得如此完美无缺，大大丰富了原有曲谱，增加了光彩！"说着，举起酒杯："陛下辛劳，敬这一杯，聊表心意。"

明皇谦虚地说："若没有妃子领先制谱，怎有此人间罕有的《霓裳羽衣曲》？请同饮这一杯，共庆功成！"说着，举杯同饮，不胜欣悦！

这时一片晶莹的月光射进亭内，明皇意兴盎然地说："我们到亭外去看看这银色的世界。"

杨妃欣然点首，起身欲走。明皇手指曲谱，对杨妃也是对永新、念奴说："此谱即当宣付梨园，但恐俗手伶工，未谙其妙，朕意令永新、念奴，先抄图谱，由妃子亲自指授，然后再由她们教与李龟年等，教习梨园子弟。待演奏纯熟时，即由妃子率领梨园歌舞伎，开始排演这一《霓裳羽衣舞》。"

杨妃边说："领旨。"边将曲谱交与念奴。

明皇即与杨妃携手走出亭外，凭栏欣赏夜景。

一轮圆月高挂天空。

凉沁沁的千万缕清辉，泻映在飘浮着几片枯残荷叶的水面上，给这静静荷池罩上一层神秘的薄纱。

在这美丽而又宁静的月夜里，在银色月光下亭亭玉立的杨妃，越显得千柔百媚，光彩照人，出落得有如夏天盛开的一枝荷花似的鲜艳。

在明皇的眼里，幻现出——

夏天到了，枯败的荷叶上长出一枝从含苞未放到初放、怒放的荷花来。

又一枝荷花在水面上透露出来了。

接着一枝又一枝的开放出来，到满池荷花盛开。

荷池边、阳光下，明皇偕着杨妃，十分欢悦地欣赏着满池荷花和一对鸳鸯在花间比翼同游，复凝神地欣赏着杨妃的容颜，感到人面、荷花相映红，而无一点尘埃气。此情此景，他真感到只羡鸳鸯不羡仙了！

（四十一）华清宫长生殿

新月如钩，疏星点点，银河无浪，夜景清凉。

七月七夕，俗称乞巧节。明皇与杨妃在华清宫长生殿纳凉赏节，细语喁喁，声不可闻。

永新和念奴正在殿中央陈设瓜果，准备香烛等物，以供万岁爷、娘娘在此乞巧之用。

永新轻声地对念奴说："自从娘娘重人宫闱，万岁爷越发宠幸，游同行，宴专席，寝专房，好不恩爱呀！"

念奴跟着她说："是呀。娘娘对万岁爷，也显得更加敬爱，更加体贴。单就娘娘对我们传授《霓裳羽衣曲》这件事讲，她躬自教演，一声声，一字字，音节明，宫商正，多么仔细、周到，从不嫌烦怕累，决不辜负万岁爷的嘱咐！"说着即转身去禀报娘娘："娘娘，乞巧事儿，都已齐备，即请娘娘去拈香。"

杨妃和明皇即起身向殿中央走去。杨妃环视果品，对明皇说："果品中独缺荔枝一物，未免美中不足。"

明皇知妃癖嗜新鲜荔枝，当即慨允："明日朕即下旨岭南，限日飞骑进献。"杨妃闻言，甚感欣慰。

杨妃开始拈香乞巧，颇思祈求天子降福，环视左右，似有不便，乃遣去侍儿，欲以私语，激动圣听，趁此双星之下，乞赐盟约，以坚终始。因问："天上双星一年一度，人间、天上孰美？"

明皇曰："天上自不比人间日日欢度。"

妃曰："人间欢乐，终有尽时；怎如天上双星，永结同心！"言次不觉泪下。

明皇颇为感动，即向天盟誓："双星在上，我李隆基与杨玉环，情重恩深，愿生生世世长为夫妇，永不分离！"

杨妃闻言窃喜，即向天深誓："阿环守此盟誓，死生不渝，愿双星证之。"

明皇欢欣地说："在天愿作比翼鸟！"

杨妃也欢然地说："在地愿为连理枝！"

画外伴唱歌声起：

在天愿作比翼鸟，

在地愿为连理枝。

天长地久有时尽，

此情绵绵无绝期，无绝期。

歌声中，明皇、杨妃并肩仰视天上。

银河清朗！

双星灿烂！

（四十二）驿站（1）

一骑飞马，绝尘而来。马上载竹筲，即为岭南进献之荔枝。只见两边树木，似飞而过。为保持杨娘娘喜吃的鲜荔枝原味，昼夜不停，奔驰如飞。每到一站，即立马高呼："杨娘娘荔枝到，快换马来！"驿卒即牵马接辔，马上人翻鞍而过，复疾驰而去。

（四十三）驿站（2）

一骑飞马，刚到另一驿站前。马鬃汗出如浆，气喘甚急，当即倒地，辗转嘶鸣！骑手高呼："快换马来，快！快！"驿卒即牵出一马，并协助马夫将竹筒载上马背，骑手飞身上马，复飞驰而去。

（四十四）田野，道路和驿站（3）

一二个农夫在农田里做活，一队骑马的为了赶路程，抄近路，竟不顾人家的庄稼，将一片田禾踏得稀烂，眼看得没用了。

老农夫双手捧起被踏烂的禾苗，愤愤地说："天呀，咱一家六口，全靠这几亩薄田过活，如今田禾都被踏烂，这叫我们如何活命呀？"可是有谁来理睬呢？骑马的连头也不回地飞驰而去了。

一路上，这队骑马的，踏坏了许多庄稼，倒毙了许多马匹，撞倒甚至踏死了不少行人！驿官，路人，见此情景，莫不摇头叹息！

（四十五）贵妃院

贵妃院中，只见一大盘连枝带叶的新鲜荔枝，高力士跪献明皇。时杨妃和三夫人都在，明皇手取荔枝一束，亲授杨妃先尝，并遍赐诸姨。

杨妃赞曰："又甜！又新鲜！"

三夫人边吃边赞美："真新鲜，味美不变！"

这一片赞美声中，不知耗尽天下多少汗水、眼泪乃至人命！

时杨国忠进见，奏曰："臣杨国忠启奏陛下，兹有范阳节度使安禄山入京朝见，并带有珍贵贡物，以及彩缎锦绣、奇花翠鸟等多种礼品。”

明皇即令内侍：“先将珍贵贡物献上，其余各种礼物，由高力士率领宫女若干检收入内库。”

内侍将贡物献上时，忽闻有：

“皇上万岁！贵妃娘娘千岁！”之声，出自贡盘中。惊视之，乃金丝鸟笼内，贮一能说话的白鹦鹉，贵妃颇为喜爱之。

明皇即令：“宣安禄山立刻进见！”

安禄山入，跪奏：“微臣安禄山叩见陛下，愿吾皇万岁！万岁！万万岁！”

明皇曰：“平身。”即以手示意他坐下。

安禄山，胡人，为一彪形大肚之壮汉。通六蕃语，对边境各方情况都较熟悉；且骁勇善战，屡次俘虏契丹、奚人向唐政府邀功，因而获得信任。此次朝见，瞻拜称旨，言语机灵，颇得上欢。

明皇顾贵妃曰：“此为胡儿安禄山。”

贵妃笑谓：“胡儿可是孩儿？”

禄山即纳头拜贵妃，自称：“孩儿叩见娘娘，娘娘千岁！”

众皆欢呼：“胡儿可儿，胡儿可儿！”喧闹作戏，以锦绣襁褓裹此大肚儿，使宫人以彩舆载之，环行宫中，借以笑谑作乐。帝不之禁，观之甚喜，还赐贵妃洗儿金钱，贵妃则转赠禄山，笑着说：“给孩儿买糖吃！”

禄山受宠若惊，欣喜不止。

帝一面以满意的目光投向禄山，一面对高力士下旨：“安将军忠勇为国，东北边防，全赖其镇守，劳苦功高。即擢升平卢、范阳、河东三边节度使，以彰功绩。”并嘱高力士：“备宴庆贺！”

禄山当即跪地谢恩，并言：“孩子屡受恩宠，当以身家性命供圣上驱使，图报万一。”

（四十六）百花楼

庆贺宴上，酒饮甚丰。

李林甫首向安禄山举杯祝贺："安将军守边有功，请大家为安将军荣任三边节度使干杯！"

接着众人向安禄山纷纷敬酒，安禄山兴高采烈地狂饮不止，酒沫飞溅。

杨国忠适来敬酒，弄得满脸酒沫、唾沫，且恼且妒地说："安将军今获圣上殊宠，荣任三边节度使，当更显得威风无比！"

安禄山觉得语带讥刺，答以："关外之人，哪能跟国舅爷比？京城之内，谁不知杨家……杨国舅的威风！"两下里言语讥嘲，几有剑拔弩张之势。幸即有人前来为之解围："快干杯，干杯！"

杨、安两人勉为干杯后，仍怒目相向！

这时窗外忽一阵惊雷，继而暴雨如注！

（四十七）京郊田野、农舍

京郊疾风暴雨，来势凶猛。田间稻穗，尽被打落；路边树木，也被吹倒。

霎时山洪暴发，堤坝年久失修，都被汹涌而来的洪流冲垮，农田尽淹没水中，一片汪洋，顿成泽国！

村舍也被浸水，房屋多被冲倒。有抢救仅有一点物资者，有从危屋中逃出者。

一路上，携老扶幼，怨天尤人，哭喊一片，小孩手捧空碗，啼饥号寒，惨不忍睹！

（四十八）贵妃院

雨声淅沥不止，打窗穿帘，贵妃院中忙煞一班宫女，正在掩窗卷帘，向熏炉烘衣。

贵妃对悬在走廊上的金丝笼中的鹦鹉，甚为关切，恐其受淋，特将其迁入内室，并亲喂之。

明皇伫立窗前，蹙眉对天，旁立太子亨，正在报告灾情："启奏父皇，迩来连日淫雨，灾情极为严重！乡间饥民，嗷嗷待哺。政府宜开放国库拯灾，免生事端。"

时杨国忠入，手持一束茁壮禾稻诡报："臣杨国忠启奏陛下，迩来有些地方出现水灾，但多数地区禾稻长势仍好，有此（指手中禾稻）为证。今秋收成，还是丰收有望。"

明皇受此蒙蔽，信以为真，不觉转愁为喜。太子看在眼里，不胜愤慨，不觉质问国忠："请问国舅爷，如此特大水灾，此壮健禾稻，究从何来？"

国忠仗势大言不惭："臣所报是实，殿下莫非疑臣有虚报情事？"

明皇不问缘由，责令太子："不得无礼。"

太子正欲申辩，一内侍奉娘娘命来请国舅爷："国舅爷，娘娘有请！"国忠沉思一下，即入内。

内室。贵妃对其兄国忠看了一眼，说："刚才你跟谁争吵？"

国忠坦然地答说："太子欺人太甚，他当着皇上的面疑心我弄虚作假，你说气人不气人！"

贵妃不悦地："你想过没有？你同太子争吵，他是什么人？你是什么人？"

国忠有些为难地："这……"

外室。太子乘机直奏："父皇有所不知，杨国忠一向弄虚作假，蒙上欺下。明明是灾情严重，颗粒无收，他却谎报雨水虽多，并不害今秋仍可丰收。还有前次南诏之战，前后丧师二十万众，他却以败报捷。如此蒙蔽，而举朝无一人敢以实告。”

明皇默然，亦不制止。

太子续奏：“更有甚者，近据朔方郭子仪、李光弼将军等奏本，抗奏杨国忠，外凭右相之尊，内恃贵妃之宠，卖爵鬻官，贪赃枉法，且克扣军饷不发，以饱私囊。”并袖出郭李等奏本呈阅。

明皇略翻阅一下，信疑参半，默然不语。

（四十九）尚衣监织绣房

宫中专供贵妃院织锦刺绣工，凡七百人；其雕刻织造，又数百人。宫中之挥霍无度，于此可见。

时织绣房中，数百宫女或作绷绣，或弄锦机，忙碌异常。

长桌上，密排新制成之绣服锦裳，和五彩缤纷的舞衣多套，正在检点交尚衣监检验。

一内监来报：“娘娘指定的一批服饰和舞衣，必须限日制成，以备娘娘生日宴客时作歌舞之用。但彩缎、金线、银线都缺，必须大批采购。”

尚衣监说：“即向内库领钱采办就是。”

（五十）贵妃院内一厅堂

厅堂内，贵妃率百余乐府歌舞伎，正在排练《霓裳羽衣舞》，安禄山在旁参观。

当排演好一段落时，贵妃命令：“停！大家休息一下再排。”

众离队休息。

贵妃也坐下休息，宫女中有递巾者，有端茶者。贵妃将巾转递禄山，禄山感谢不止。

贵妃笑问禄山：“这一《霓裳羽衣舞》，你看排练得如何？”禄山答：“妙极，妙极！”并鼓掌不已。

贵妃戏言：“风闻安将军善跳《胡旋舞》，可否让吾等开开眼界？”

安将军一时兴至，欣然笑曰：“孩儿遵命！”

安将军居然跳起《胡旋舞》来，真是胡旋一阵，尽管是一个大肚皮，可旋得疾如风，迅似电！引得大家乱打拍子，大笑不止！

贵妃忽想起一件事，幻见：

沉香亭畔阅乐一事的片段。

画外音：“这是梅娘娘著名的《惊鸿舞》！”

贵妃忙将手里端起的茶杯决然放下，对众说：“再跳！这是皇上亲自为吾等新谱的舞曲，只准排好，不许失败，决不辜负皇上对吾人的殷切期望！”

正整队排练时，高力士入报：“皇上驾到！”

众止舞迎驾，帝即以手止之，示意继续排练。

安禄山趋前跪奏：“微臣安禄山见驾圣上，愿吾皇万岁……万万岁！”

明皇以手示意他平身，并说：“安将军也在此，很好，就请参观排演。”

禄山答曰：“臣是专诚来辞朝的。久侍君侧，兵武旷疏，亟应回去整兵练武，备为国用。”

帝嘉其忠贞，赞誉备至：“那很好，很好！”

禄山乘机奏请：“据范阳来人告知，有汉将三十二人较为懒散，不易指挥，可否尽以番将代之？因番将较听话且骁勇善战，以之增强武力，更可巩固边防。”

帝略加思索，即颔首许之。禄山欣喜不止！

贵妃排演毕，至帝前请示：“此曲排演得如何？恭请圣上多多指点。”

帝欣然地说：“妃子辛苦了，今日得此成绩，实非易事。特此向你祝贺！”

贵妃笑问：“比《惊鸿舞》如何？”

帝笑答：“有贤卿如此能歌善舞的好领班，自是艺苑精英，光彩无比了！”

贵妃继又笑问禄山：“安将军，你说呢？比起将军的《胡旋舞》来又如何？”

禄山笑答：“一个是天上，一个是地下，怎么能相比呢？”说得大家笑了起来。

（五十一）宫廷过道

杨国忠从宫内过道匆匆走来。

安禄山从宫内过道上大模大样、趾高气扬地走去。

安、杨两人在过道狭路相逢，相互对看了一下。

禄山装着笑脸说：“国舅爷，你来迟了，多精彩的《霓裳羽衣舞》！可惜已经排演完毕了，只怪你没有眼福，哈哈哈！……”

杨国忠不快地说：“安将军如此得意，想必又步步高升了，可喜可贺！”

禄山讥讽道：“哪有国舅爷的得意？高官厚禄，财货山积，气势逼人，满朝文武，谁不趋承？”

国忠恼火道：“安禄山，你太放肆了，这是九重禁地，你仗谁的势胆敢在此如此嚣张！”

禄山得意地说：“怎么样？我这堂堂三边节度使，不是你给的，是当今皇上亲自封我的。”

国忠怒目道：“你别得意忘形，你可记得，当年失意时，到处走投无路，我家里的门槛都给你踩烂了，如今你可得意了，竟昧良心，把恩和义全忘了个干净！”

禄山置之一笑，满不在乎地：“对不起，我没有这闲工夫跟你说什么恩和义，我这就告辞回老家去了，咱们后会有期。”说着转身就走。

国忠对着他背影气恼地说：“呸！什么东西？”

（五十二）范阳节度使所在地各有关场所

范阳节度使（设幽州，今北京）所在地，安禄山在有关人员陪同下，正在检阅有关场所的战备情况（片断）

过程1. 他们一行人检阅了各兵种驻军。

过程2. 他们检阅了战马。

过程3. 他们检阅了各种车辆。

过程4. 他们检阅了各种兵器。

过程5. 他们检阅了军粮、被服等各种军需品。

（五十三）范阳节度使衙门内一密室

安禄山与五六个要员在衙内密室机密议事，首由禄山简述唐政府内幕情况，略称：“唐政府内政极端腐败，老百姓苦难深重。明皇只知声色自娱，杨国忠弄权祸国，京师内外怨声载道。吾等久所策划的大业，现在时机已至，究竟如何加速进行？望各献良策，共襄义举。”

接着有人汇报军备情况，略谓：“关于此间军备情况和具体数字，均如本表所列。”说着，即在身边取出一份关于军备方面的明细清单呈阅，并说：“从这份清单上，可知咱们兵强马壮，实力充足。”

有人建议：“这次起义，最好能里应外合，可收事半功倍之效。”

更有建议："吾人多次进贡和献俘，唐政府甚表欢迎，现应利用这种进献机会，布置内应，较为妥善。"

禄山听了汇报和各人建议，表示满意，并嘱："从速分头进行，尤须严守机密！"

（五十四）贵妃院

贵妃院中，高力士率宫女六七人，正在检收安禄山新献来的果盘食盒、彩缎锦绣及其他各种贡品。

明皇、贵妃、太子均在座，杨国忠旁立奏事："安禄山又一次进献贡品，并进献战俘56名，同时表奏拟将再献战马3000匹，每匹带夫子二人，由番将22人押送来京。是否可行？恭请裁夺。"

帝疑虑不决，太子插言："安禄山狡黠多谋，手腕灵活骗取信任。自兼三边节度使以来，权势日增，日益骄恣。风闻招兵买马，囤积粮食，收罗降卒，已非一日。现全国兵士只有574000余人，而边境上所设十个节度使即拥有49万人，边兵较中央和内地士兵竟多6倍，形成了外重内轻的形势！且边兵中安禄山三处驻军却拥有184000人之众，还有降卒8000余人，又蓄有战马数万匹，所积财富也甚充裕。早有反叛中央之意，只因他位高权重，无人敢言。此次倘许其献马，并带夫子6000人入京，则京城危殆，不言而喻！"

国忠插言："安禄山平日假装痴愚，肚里暗藏狡诈，此人狼子野心，面有反相，圣上不可不防，不如将他罢斥，以免后患。"

贵妃插言："陛下一向对他甚厚，几如家人父子一般，如果他果真叛乱的话，那真太没有心肝了！"

太子继言："事不宜迟，一旦祸发，势将不可收拾！"

帝信疑参半，踌躇不决，经一再考虑后，方道："即令安禄山暂停献马，其余再议。"

（五十五）范阳节度使辕门

范阳节度使辕门，雄伟壮观，枪戟如林，气势森严。

大堂上，安禄山上座，两旁诸将领环立。奏事官自京师还，参见递书，安禄山略加阅读后。即起立宣称：“今接京师密报，杨国忠弄权祸国，蔑视君王，将士离心，民不聊生。吾等久受皇上恩宠，保国卫民，责无旁贷，为此出兵讨伐，以清君侧。凡我将士务须协力同心，奋勇杀敌，攻到长安，升官晋爵。如有异议，斩及三族。”

众将雷应：“杀向长安！杀到长安！”一片喊杀声，声震屋外。

（五十六）叛军进军路线

叛军进军路线图，用箭头标出：渡黄河，陷洛阳，现正向长安门户潼关天险进发。

（五十七）唐宫朝堂

朝堂上，明皇据宝座，太子亨、寿王瑁，右相杨国忠，禁卫军隆武大将军陈玄礼等环侍。

文武百官分列两旁。

陈玄礼正在启奏：“……叛军已渡黄河，陷洛阳，现正向长安门户潼关进发，京师危急，究应如何处置？请圣上迅予定夺！”

帝环顾诸臣沉痛地说：“只怪寡人平时不识人，以致祸起仓促，目下时艰方亟，如何迅起抗贼？望各献良策、以便转危为安。”

诸臣惊恐失色，面面相觑，计无所出。

陈玄礼再奏："臣意一面闭关拒贼，一面密诏朔方军大将郭子仪、李光弼等回师夹攻，伺机出战。"

杨国忠不以为然，急忙奏道："京城空虚，不宜久守，九重之尊，宜幸蜀暂避其锋，徐图良策。"

太子怒视国忠一眼，即奏："在这国家生死存亡之际，儿臣以为，父皇宜坐镇京师，以便号召全国军民奋起抗贼！"

国忠犹欲再申前议，陈玄礼抢先续奏："如陛下果欲幸蜀，则请留太子监国，以便收拾残局。"

帝环视左右，仍踌躇未决。

国忠面现怕急之色！

（五十八）贵妃院

贵妃院中，鹦鹉架下，贵妃正与大姐、三姐（秦国夫人已病死）等聚议，忽一狸猫跳上栏柱，两目凶恶地瞧着鹦鹉。

鹦鹉急呼："娘娘救我！"

贵妃起身欲逐走狸猫，但刹那间，鹦鹉已被狸猫抓扑于地，妃抚之已死，正在痛惜不止。

国忠仓皇入告："不好了，圣上欲传位太子，实行监国。太子素恶我等，一旦易权，吾杨家从此休矣！"言罢唏嘘，相与涕泣！

虢国夫人沉思有顷，抹抹泪水计议道："现在，唯有贵妃妹妹出面去向圣上苦谏，或可阻之；此外，别无他策。"

时明皇正好回宫，贵妃即匐匐而前泣奏道："圣上春秋尚盛，政权不宜旁落，宜带太子太孙等暂且西行，以待天下勤王。"

帝扶之起，曰："此事容待考虑；唯贤卿生日之宴，值此时局纷乱，似不宜举行。"

妃沉思有顷，仍奏请："生日之宴，众皆知之，妾意似宜照常举行，借以安定人心；如一旦罢宴，反恐使人多生猜疑。再者，在这兵荒马乱中，这也许是臣妾一生中最后一个生日，我一定要尽情地过好这一个生日。千万恳求陛下能成全我这份心愿，那臣妾真是没齿难忘了！”说着泪下不止！接着又说：“还有，陛下和臣妾合谱的《霓裳羽衣曲》，陛下不知倾注了多少心血在内，如果不把它传之于世，任其湮没，未免可惜！”

明皇见此，似有所感动状。

（五十九）长安市街

长安市中，市面萧条，几家店肆闭户。

一家门前贴有：“清理账目，暂停营业。”

又有一家贴有：“出售店基、生财，宣告歇业。”

这时三四个公役，犹在沿门催收税款，店主愁眉苦脸地说：“近来生意清淡，只好请求缓交。”

公役不由分说，将店主拖出，戴上手铐，牵之而去。众人观之，议论纷纷。有的说：“犯了什么罪？怎么就动手抓人？”有的人说：“他们只知搜刮老百姓，当前局势紧张，潼关吃紧，却不去过问。”也有人说：“这几天总算还能看到关上这把平安火。”旁边人接着问：“什么叫‘平安火’？”那人答道：“每到傍晚，关上放起一把烽火，这就叫‘平安火’。”

更有几个人索性去登高瞭望，有无“平安火”？

这以后，每到傍晚，长安人纷纷登高去瞭望，看到从关上燃起的一座座烽火台，向西传来，这才放心回去睡觉。

（六十）华清宫长生殿

天宝十五年（1756 年）六月初旬，夜

贵妃生日之祝寿华筵，设在华清宫长生殿中，寿字高悬，灯烛辉煌。

座上除玄宗、贵妃和杨家兄妹外，亲王大臣、妃嫔命妇，济济一堂，极一时之盛！

帝顾视贵妃欢然曰："今日妃子初度，特设长生之宴，为妃称庆。"

贵妃愧感交并地："薄命生辰，荷蒙天宠，愿为陛下进千秋万岁之觞。"说罢，即献酒于帝，帝也答赐妃酒。妃跪饮叩头，欢呼："吾皇万岁！万万岁！"

众人随之欢呼："万岁！万万岁！"

一片欢呼声，喧哗声，声震宫外，冲破了夜空的静寂。

（六十一）长安市街

这时长安城中的居民，正在登高向东遥望"平安火"，可是望了好久，却再也看不到这把平安的"平安火"了。

于是大家不禁惊慌和纷乱起来！

（六十二）华清宫长生殿

长生殿中，李龟年领梨园子弟按谱奏乐，贵妃已换上舞衣，正率领百余歌、舞女开始表演精彩无比的《霓裳羽衣舞》。

但见五色斑斓，羽衣翩跹，翻风回雪，宛如飞燕游龙，使人目眩神迷。殊不知在这笙歌妙舞中，渔阳鼙鼓却已动地而来！

（六十三）长安道上

长安道上，铁骑纵横，刀枪似雪。

叛军头领安禄山坐着一辆铁车，指挥着步骑三军，向京都长安滚滚而来。

（六十四）贵妃立在翡翠盘中，开始作精彩的表演。

舞时除李龟年等按谱伴奏外，玄宗亲击鼓以节之。

贵妃在盘中飘然起舞，由慢舞到快舞，复到急舞。舞姿优美，迎风婀娜，翩翻叶上，举袂向空如欲飞去。

盘旋跌宕，花枝招展柳枝扬，体态娇难状。天风吹起，众乐缤纷响。

（六十五）长安道上

长安道上，只听到马蹄声声，战马在奔跑，奔跑……

（六十六）华清宫长生殿

长生殿中，只看到歌舞伎的双足在向前、向后、向左、向右轻捷地跳动着。

（六十七）长安道上

长安道上，马蹄奔跑越来越急；嘚嘚的马蹄声越来越近，越来越响！

（六十八）华清宫长生殿

长生殿里，只听到节拍声，鼓掌声；只看到舞影在旋转，又旋转。

（六十九）长安道上

长安道上，叛军队伍已入潼关。

（七十）华清宫长生殿

长生殿中，节拍声，鼓掌声，疯狂地越来越急！舞影越来越变成一个个圆圈，一个个圆圈在转，转，转……

就在这时，陈玄礼将军忽奔入急奏道："十万火急！潼关失守！守将歌舒翰已为叛将捉去！"

一声霹雳，四座失色，惊惶不知所措！

玄宗呆了一会儿，即下旨："立即起驾回宫。"

玄宗与贵妃昏昏然，几乎都跌倒，幸亏左右搀扶得快，才能跌跌撞撞地丧然离去。

接着大家蜂拥出宫。

留下的只是一座人去楼空，不再长生的长生殿。

几十年来，这里曾经是酒绿灯红，歌舞连天的宴游场所；而今一转瞬间，却已变得哑然无声了！

四壁空空！

桌上杯盘狼藉！

地上唯有人们遗留下来的珍宝饰物、绣鞋和五色缤纷的彩纸，似在留作这场又荒唐、又可悲的最后一次宴游的纪念。

（七十一）皇宫墙边

午夜过后，天色昏暗，在一片雾茫茫中，宫墙边许多车辆、马匹零乱杂陈。

公役多人从宫内搬运东西出来，有人低低地哼着“哎哟”声，也有东西和东西相撞声，指挥者急躁地以手示意他们要轻手轻脚，不得声张。

（七十二）贵妃院

贵妃院内，玄宗以下，杨氏兄妹，太子和部分太孙亲王等均聚集在此待命。

上命高力士宣旨：“隆武大将军率禁军护驾幸蜀，各随驾人员等武装出发。”

接着，杨国忠代帝宣称：“太子，太孙新王人等，均随驾西行。”

高力士跪奏：“还有妃主，皇孙之在外者，他们都不知晓，怎生是好？”

贵妃记起："哎！念奴还没有来！"

玄宗愣了一下，稍停，还是忍一忍心，说："都来不及了！"

贵妃怏怏不快。

高力士、太子和陈玄礼等，愕然不语。

时梅妃排众而入，亟谏："启奏陛下，京师危在旦夕，圣驾似宜留京，率众抗贼，局势当有转机之望；倘弃此祖宗庐墓之乡，何日再回长安？殊堪忧虑！"

贵妃起与之争辩："兵凶战危，圣上幸蜀，暂避其锋，以待勤王师至，破贼平乱，是万全之策，有何不好？"

梅妃再奏："如陛下坚不肯留，是否请留……"

上不待其说完，即以手制之，曰："我旨已决，不必多言！"即命高力士、陈玄礼"起驾出宫。"

梅妃无奈，只得跪送圣驾："愿圣上一路平安！"

上回顾梅妃："汝为何不去？"

梅妃答曰："妾生为宫中人，死为宫中鬼，当以一腔孤忠，守此祖宗遗业！"

杨国忠催行，上不顾梅妃而去。

（七十三）长安延秋门

细雨蒙蒙中，在陈玄礼大将军护驾下，大队人马出延秋门。大队人马向渭河边行去。

（七十四）渭河便桥边

大队人马，行至河边，由便桥渡渭，后随众多宫娥百姓。

杨国忠立马桥头监视，待宫车过后，即命放火烧桥：“烧！”盖欲烧断太子回銮之路。

立刻有人点火烧桥。

旋即火起，后随百姓，不得渡河，哭声震天！

有冒火抢渡者！

有跳河逃生者！

有坠水淹死者！

中有张老汉扶一盲女（即盲歌女）在岸边哭喊！

队伍中有军士张小虎见此，拟离队去救其父女出险，但为监军所阻。

老父在呼唤：“小虎儿！小虎儿！”

盲女在哭喊：“爸爸！爸爸！爸爸！”边喊边走，落入水中，老父去救盲女，也坠水而殁。

（七十五）长安市街

安禄山已兵进长安，到处烧！杀！掳掠！抢得物资，即装车运送贼军后方。抢得年轻妇女，就供他们玩乐。长安城中已变成一片火海！街头巷尾更成为一片血海！

（七十六）朝堂

安禄山亲领甲兵胄将，长驱直入朝堂，见宝座，即虎踞而坐。

安对将士们下令：“你们听着：快到内宫去到处搜索，不要放走一个人！”

贼将贼兵们举着刀枪，即向内宫去到处搜索。

（七十七）梅宫

梅宫中，梅妃靓装礼服，端坐殿上。禄山持剑引二三卫士入。梅妃视若无见，安坐不动。禄山说：“你就是梅宫的梅妃吗？”梅妃答：“是也，汝欲何为？”

安禄山问：“你可知贵妃在何处？赶快说来！”

梅妃答：“你来迟了一步，人已随驾出宫了！”

安禄山愣了一下，继问：“你为何不走？是否留待我来？”

梅妃骂：“贼！我生生死死都为宫中人，何必出走？反贼！朝廷对你不薄，可你忘恩负义，阴险奸诈，禽兽不如！”

安禄山怒喝：“你敢骂人！”继思不得贵妃，不妨以梅妃来补偿，转而用缓和的口气说：“如今宫廷，宝座皆归我有，尔何能例外，如你安心顺我，我虽不得贵妃，当以得汝为荣！”

梅妃厉声斥责：“呸！你做梦！你如敢逼我，当溅血于五步之内！”

安禄山挥手令卫士退去，欲行无礼，梅妃即袖出利剑刺喉而亡！

安禄山瞧着梅妃喉间鲜血直喷，像是觉得有些可惜，不像是不胜愤恨状！

贼将来报：“刚才搜得几个妃主皇孙和驸马、郡马等人，究应如何处置？”

安禄山不假思索地下令：“都把他们杀掉！一个不留！”

（七十八）咸阳驿馆门前

玄宗等失国出奔，车辆马匹，一路颠簸而来，至咸阳（离长安仅四十里）驿馆门前，已人饥马疲，踟蹰不能进。

一中使匆匆奔来禀报：“启奏陛下，适才臣去找寻县令供食办差，哪知县令早已逃走了！其他官署，也都逃之一空！”

帝摇首不语。

至午时，帝又未食。皇孙等饿得哭起来。

有三数父老提盒携篮至帝车前奉献粗饭，杂以麦豆，皇孙等争以手掬食之，须臾即尽，帝顾之怆然！

其中有一白发老翁伏地进言曰：“安禄山包藏祸心，已非一日。

草野田夫，早有所知，而独陛下不得闻。想及开元年间，祖业厚实，陛下犹能礼贤纳谏，知人善任，天下得以安平。今则谏者有罪，阿谀得奖，言路杜绝，宵小蒙蔽圣聪，以致祸乱成而不自知……”

帝愧然曰：“此皆朕之不明，悔无所及！”即命老翁起来，并示意高力士擅自遣之。

（七十九）马嵬驿门前

马嵬驿门前，刻有“马嵬驿”三个大字。

马嵬驿内已空无一人，盖驿丞早已溜之大吉，驿马也不知去向。

大队人马行至马嵬驿时，人马疲乏不堪，怨声载道。六军驻马，队伍不整，弃甲御盾，零乱满野。

陈玄礼穿行队伍间，已军令不行，无法整顿。

杨国忠趋视之，欲以丞相身份威胁众军前进，众军愤呼：“陈将军做主，杀此祸国奸贼，为众百姓申冤！”

杨国忠见势不妙，即欲逃走。张小虎满腔怒火，一把将他抓住，说：“你休想逃走！请陈将军下令……”

众呼：“请陈将军下令，杀死他！”

陈将军见众怒难平，即曰：“待我奏过圣上，再行定夺。”

众怒吼：“请陈将军立刻做主，杀死他！杀死他！”

张小虎首先举刀砍去！

接着众军一拥而上，把这奸贼乱刀砍死！

一个军士手指远处在喊：“那边有两个女人在逃走！”当即有四五个军士持枪追去！

（八十）马嵬驿馆连佛堂

玄宗和贵妃下车后，随韩虢二夫人入驿馆内暂息，闻馆外鼓噪声。

玄宗问：“何事如此喧嚷？”

贵妃惶然不语，似觉事有不妙。

高力士匆忙入报：“杨丞相已被众军砍死！还将丞相的首级悬示驿门。”

玄宗面如土色，贵妃浑身战栗，骇极而泣。

陈玄礼赶来帝前，将语未语时，帝即问：“众军怎生如此？”

陈玄礼直言：“察报陛下，众军都说杨国忠专权误国，不杀此贼，决不罢休！军心已变，臣实无法制止。”

帝以事已如此，只得说：“这也罢了，快去传旨：众军赶速起行，此事朕不追究罪责。”

陈玄礼复奏：“众军尚有所请……”

帝问：“尚有何求？”

陈答：“丞相虽死，有贵妃在侧，六军不安。望皇上……”

帝心乱如麻，沉吟不语。

陈再奏：“望皇上……勉为割爱！以抚军心。”

帝惊骇不止，面有难色。贵妃哭倚帝侧，帝以手翼之曰：“不！我不能没有她！”

外面呐喊声起。

陈又奏：“愿陛下俯从所请，若军心安，则陛下也安。此事必须从速处置，迟则恐生他变。”

帝沉思有顷、凄然抚妃发，不知如何是好？

馆外呐喊声更甚：“不杀贵妃，誓不护驾！”

贵妃闻声，心如刀割。自知求生无路，只得声泪俱下地跪奏：“臣妾受皇上深恩，不曾报得，多年恩爱，叫妾怎生割舍？今事势危急，不得不请陛下将奴抛却，以保宗社，以免玉石俱焚！”

外面喧闹声越来越近。

陈急奏：“情势危急，众怒难犯，安危只在须臾，愿陛下以江山为重，速行决断！”

帝闻江山二字，似不胜感慨；唯念及七月七夕长生殿密誓，又怎肯背信弃义，做一个负心人？

众军已将驿馆围住，几乎要拥进门来。

高力士焦急地跪奏：“事不宜迟，圣上再不下旨，恐事有更甚于贵妃者！”

事急如此，帝知不能免，而又无能为力，不禁泪下不止！无可奈何地顿足道：“罢罢！朕也做不得主了，只能让妃子自了吧！”

妃闻言，泪落如雨！仰首视帝，帝唯惨然摇首，反袂掩面不忍看！陈玄礼恐帝意反复，特下令“众军士听着：圣上已有旨，赐贵妃自尽。”

众军高呼：“万岁！”

陈又令：“众军士排队送贵妃归天！”

众军立刻排队驿门两旁，持枪示威，以此送贵妃归天！

贵妃心胆俱裂，向帝身后跪下，带哭带语道：“陛下！……多年恩爱，从此永别了！……臣妾有负国恩，死不足惜；唯乞容许我礼佛而死！这是我最后一个请求。”

帝转身，望了望贵妃最后一眼，勉强答道：“望妃子好自超生……”说到“生”字，已不能语，只得以袖掩面而泣。

高力士即扶贵妃向佛堂走去。走了几步，贵妃犹恋恋地回顾帝一下，欲哭复强自忍住，转身走去。

贵妃到了佛堂，自知这是她最后的归宿地，情绪显然较前激动，一声“佛爷！”，即哭倒在佛像前。少顷，抬头看佛像，似有所感地说：

“佛爷佛爷！我杨玉环罪孽深重，得此结局！今天国破家亡，我……我固有罪……”想说什么，但喉间哽咽，语不成声，一时说不下去，只得放声大哭！继而念及七月七夕长生殿密誓。耳边响起了：

画外音：“愿生生死死，长为夫妇，永不分离。”

贵妃内心独白：

画外音：“啊，长为夫妇？永不分离？如今鸳鸯翼折，万事休矣！来世未卜今生作，还说什么长为夫妇，永不分离？”

贵妃想到这里，不禁又号啕大哭起来！

高力士在旁劝说：“娘娘别哭，事已如此，一切都已无能为力了！”稍顿，接着又说：“娘娘还有什么吩咐？我可代你转奏圣上。奴婢所能做到的，怕只有这点了！”

贵妃想了一下，说：“事到如今，还有什么可说的？”稍顿，继而又思在这最后一刻时辰，似乎应该说点什么：“噢，你可代我转奏圣上，今后别再念我了，望他好自保重！”

外面鼓噪声又起！

高力士只得引贵妃至庭前梨花树下，为之解汗巾，结环系树。贵妃惨然仰首看树上汗巾。力士急急地转身跪送，泪流满脸地叩头，口颂：“愿娘娘好自升天！”

外面鼓噪声尚未停息。

高力士令人将锦褥包裹贵妃尸首，移置驿庭，叫陈玄礼等揭巾露脸让人验看。众军看后道：“是了是了。”即向帝高呼“万岁！万岁！万万岁！”陈乃率众退出。

帝抚妃尸，看着妃面痛哭道：“妃子！……”

（八十一）马嵬驿门前

陈玄礼整军起行。

玄宗和高力士等，继续西行去蜀。

马嵬百姓遮道留帝道：“小民等奏请陛下，停止西行。立刻率领全国军民群起御贼，庶几两京可复，社稷或可危而复安。”

帝踌躇不答。

众人复去拦住太子，愈聚愈多，且哗然道：“至尊既不肯留，小民愿率子弟，从殿下东行破贼。若殿下与至尊一同西去，偌大中原，势必拱手授贼。人心一离，不可复合。何日再回故土，殊难逆料！”有泣下者，有跪求者，情绪至为热烈！

帝见此情形，叹道：“人心如此，此乃天意。”遂命陈玄礼：“将后军二千人，及飞龙厩马，分与太子。”玄礼领旨。

帝复嘱太子：“社稷为重，不必念我，汝好自为之。”

太子下马拜辞父皇。

太子即回马北上。到朔方节度使所在地灵武（今宁夏灵武南），即位，是为肃宗。

（八十二）成都行宫庭园内

月色清冷，夜凉如水。庭园中，玄宗独自一人在踯躅徘徊，形单影只，一种寂寞之感，仿佛有无数小虫在啃着他的心。

长空孤雁飞过，边飞边叫：檐头铃铎，随风淋淋作响。草间萤火点点，虫声唧唧！在此情此景中，玄宗忆及马嵬坡下，宛转蛾眉马前死，衷心疚愧，莫可言状！同时在眼前幻现出：

玄宗对贵妃死后抚尸恸哭的情景。

玄宗不胜痛苦，颇觉生不如死！

然而，命运仿佛安排好他独自一人孤零零地活着，叫他抱憾终生。这也许是上天给他无情的惩罚，让他永远也喝不尽他自己斟下的苦酒。

玄宗想到这里，不禁双泪涔涔下。

一阵阴森森的冷风吹来，吹得他浑身打哆嗦。

他茫然四顾，像要看到点什么，期待着出现点什么，但久久，什么也没有看到，什么也没有出现。

他长长地叹了一口气，乃转身向阶前走去。

高力士正引一位灵武派来的中使趋前察报朝事：“太子自马嵬北上，到了灵武，群臣劝进，即皇帝位。依靠朔方军郭子仪、李光弼两将军的武力，和各地义军纷起，协力歼贼。今两京收复，恭请上皇即日回銮，以就孝养。”奏毕，呈表而退。

上皇阅毕，愧喜交并！回顾庭园景色，遥望祖国山川，不禁有天旋地转之感。

眼前立刻显现出天在旋……在旋……

地在转……在转……

（八十三）朝堂

唐帝国还都长安后，肃宗坐朝，两行紫袍朝臣，威仪凛然。

陈玄礼上殿，察报：“启奏陛下，上皇回京，銮舆已进朝门。”

肃宗当殿脱去黄袍，换上紫袍，率领百官跪迎上皇。

上皇降舆，扶起肃宗，抚之而泣；肃宗也呜咽不自胜，并扶上皇上殿。

上皇亲取黄袍，加之肃宗身。

肃宗跪辞：“儿当退居东宫，仍尽子职。”

上皇则按之登宝座。

群臣乃欢呼：“万岁！万岁！万万岁！”

（八十四）西宫

炉中香烬，只余寸许，于丝丝烟圈中，上皇犹凝视壁上的杨玉环遗像，不觉老泪纵横矣！

既而倦怠，倚榻假寐。宫女静待不敢声。

香烟迷漫中，霎时化为阵阵云雾。

（八十五）楼台前庭院（梦境）

云雾缥缈中，显现出楼观一所。

上皇立阶前瞻望，见一群宫女拥一丽姝冉冉下阶而来。近前视之，即为久萦梦魂之杨玉环。上皇又惊又喜，欲上前与之叙旧，不料玉环茫然退立，若有所思。

继而袖出金钗玉钿，双手捧着交还上皇，凄然地说：“谢谢上皇从前对我的恩赐，如今……如今呀，当年这些信物，还有那些誓言，已经如一阵烟似的消失了，用不着再留下一点什么痕迹！”

上皇听后，有些疑惑不解，犹想对她细诉一下衷曲，但一转瞬间，玉环已不知去向了。但见：

一树雪白的带雨梨花，而树上犹系着一条白绫在随风飘荡。

上皇略加思索，乃对着这树梨花追上去，而梨花树却在向后退去，怎么也追赶不上，终至一跤跌倒在地。梦完了，同时人也完了！

（八十六）西宫

宫内众侍见上皇久久不醒来，乃趋榻前察看，抚尸已僵，皆骇乱无所措。

一内侍飞跑出去，报告外廷。

留者撤案停床，卷起帘幕，草草布置起一个极其简陋的灵堂。并用白纸糊成一块牌位，上书：“大唐太上皇玄宗李隆基之灵位。”内侍颓然地走到中庭，缓缓地敲起丧钟来，同时墙外犹传来一阵《霓裳羽衣曲》的乐声，就在这钟声乐声中，那些仅有的几个官人，分两列跪地致哀。偶有低低的唏嘘声、呜咽声，与宫墙边唧唧的虫声相应和。

灵堂内外冷冷清清，情景凄凉！

画外伴唱声起：

男声：在天愿作比翼鸟，

女声：啊！比翼鸟呀！比翼鸟？

男声：在地愿为连理枝，

女声：啊！连理枝呀！连理枝？

男女声：天长地久有时尽，此恨绵绵无绝期！无绝期！

歌声中，画面上出现：

玄宗和贵妃在沉香亭同赏名花的片断。

他们避暑骊山，在流泉边采撷鲜花，碧波里倒映他们双影的片断。

七月七夕，他们在长生殿密誓的片断。

马嵬坡下，贵妃哭倒在佛像前的片断。

庭院中一树白色的梨花，树上系着的一条白绫在随风飘荡。

——剧终

1980年10月28日于上海

3

丁丁、曹雪松合编新诗集《恋歌》

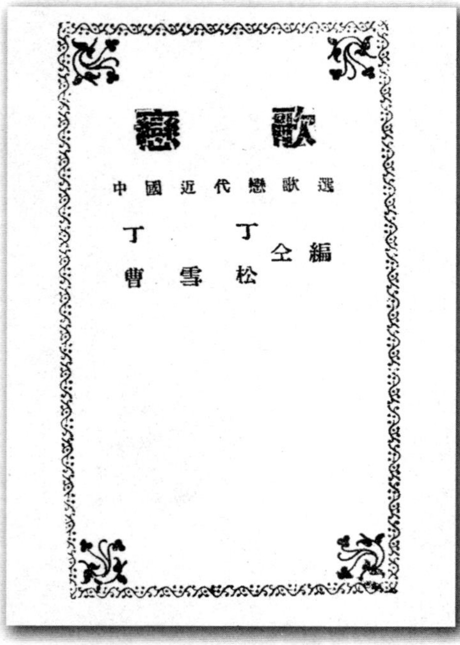

《恋歌》1927年泰东图书局初版

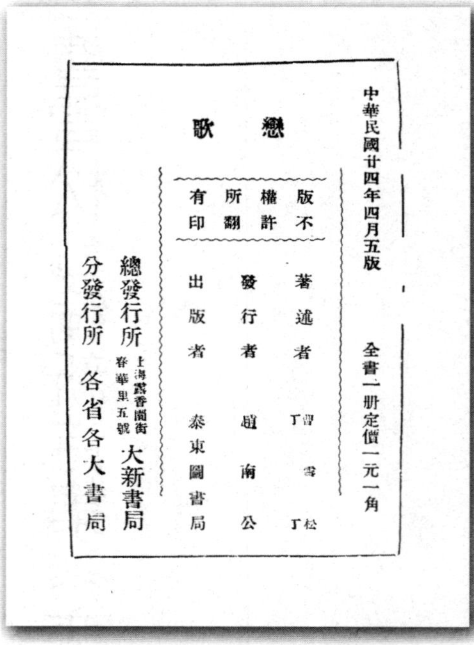

中華民國廿四年四月五版
全書一册定價一元一角

戀歌

版權所有
不許翻印

著述者 曹雪松 丁丁
發行者 趙南公
出版者 泰東圖書局

總發行所 上海露香園街春華里五號 大新書局
分發行所 各省各大書局

1935年版《恋歌》版权页

序

丁丁　曹雪松

恋歌在文学上所占的重要地位，用不着我们在这篇短短的序言里多说。现在我们所要讲的，是为什么要编这部中国近代恋歌。

我们选编这部书，有下面两个理由：

1. 我们承认：近年来中国文坛上的恋歌，已较新兴时寂寞多了，虽然将来能从枯枝里萌出新嫩的芽来，而依旧能划出一个极盛的时期；但自有恋歌以来，至今似乎已可告一小小的段落。这个段落，我们可名之曰初期的恋歌。我们在这初期的恋歌中，似有把在水平线以上真正有文艺价值的整理出来，汇编成册，使今后的人们，知道中国青年近年对于爱的倾向和爱的要求。

2. 关于恋歌的汇编，坊间已有几部出版；但我们对这几部书多有不满意的地方，他们所选辑的，似乎只是有限的几份报章杂志上所谓名人的作品，许多无名作家的有真正爱的生命的恋歌都没有注意到；并且，书中还夹杂外国的译诗在内，不足以称纯粹的中国近代恋歌，更不足以代表中国恋歌全部的作品。

根据以上的两个理由，所以选辑了这部中国近代恋歌。

亲爱的读者呀，你们现在感到爱之愉快，还是感到生的悲哀？是安居在美丽的爱的宫殿中，还是沉溺在汪汪的愁苦的深渊里？你们，假使是愉快地在爱的宫中呀，那么，就请你们在芸窗画眉之余，把这本书作为一杯温嫩馨香的葡萄酒，当春芳纷飞的花朝，当银光遍撒的月夕，并肩联臂蜜蜜地依着吻着吧！你们假使是被摒弃在爱园门外而沉溺在愁苦的深渊里，那么，就请你们在阴风凄凄的黄昏里，在凉雨蒙蒙的晓光中，把这薄薄的一本小册子，当作相泣相慰的蜜侣吧！

1926年5月25日，于上海大学

花儿开过了

闻一多

花儿开过了，果子结完了，
一春的香雨被一夏的骄阳炙干了，
一夏的荣华被一秋的风扫尽了。然
如今败叶枯枝，便是你的余剩了。

天寒风紧，冻哑了我的心琴，
我惯唱的颂歌如今竟唱不成。
但是，且莫伤心，我的爱，
琴弦虽不鸣了，音乐依然在。

只要灵魂不灭，记忆不死，纵使你的荣华
永逝（这原是没有的事）
我敢说那已消的春梦的余荫，
还永远是你我的生命的生命！

况且永继的荣华顷刻的凋落——
两两相形，又算得了些什么？
今冬的假眠，也不过是明春的
更烈的生命所必需的休息。

所以不怕花残，果烂，叶败，枝空，
那缜密的叶底网总没一刻放松；
他总是绊着，抓着，啮着我的心，
要他抽尽我的生命供给你的生命！

爱啊！上帝不曾因青春的暂退，

就要将这个世界一起捣毁；
我也不曾因你的花儿暂谢，
就敢失望，想另想一朵来代他！

作者简介：闻一多（1899 — 1946）湖北黄冈市浠水县人，新月派代表诗人和学者，中国现代伟大的爱国主义者，坚定的民主战士。著有《红烛》《死水》等诗集。

泪歌

梁宗岱

既然我的眼泪是流不尽的，
悲哀，又怎能靠我的泪珠洗得净呢？
要想真的洗净我的悲哀，
除非待我的泪儿流干了啊！

你把你的红玫瑰花赠给我，
一会儿又把伊夺去了。
爱情要是因闲话而可以消失的，
我又何用这爱情呢？

一瓣一瓣的，你插在我胸前的玫瑰花，
如今，也由枯萎而消散了。
但我仍愿把伊谢了的芯儿，
紧紧地向我胸前压着。

你虽然毅然地舍弃我，
我却不忍舍弃你，

你光荣，我就暗地里欢喜，
忧愁呢，我也暗地里为你悲伤啊！

人人都说你是不道德的，
但我终肯原谅你的罪过。
要是你依旧爱我啊，
我的心泪就自然地由快乐之泉涌出来了。

你既毅然地舍弃我，
怎么还把你的秋波不时地柔注我呢？
像你那样软射柔注，
我全身的神经真不禁战栗了啊！

近来你无心听讲，
总无精打采地把笔在桌上乱画。
有时我偷觑你，啊！原来是——
“我光荣的女郎，曾经是我所爱的，哪儿去了呢？”

“我光荣的女郎，曾经是我所爱的，哪儿去了呢？”
这是你常唱的诗句，无足怪的。
但是，你胸中也有了幽怨了吗？
还是为我抒写我的忧郁呢？

把美目来柔盼我，把微笑来美赞我，
不是你从前所有待我的吗？
可是，现在呢，美目他顾了；
你美赞的微笑又哪儿去了呢？

怕是因，——倘不是闲话——你娘的严命吧？

这是我常常在心里自解的。
可是，我终不敢相信我猜得中啊！
因为，我想，真情人必不因外力而移动啊！

他们都这样劝我——
教我不必为你而悲伤了，
因为你已掉头不顾我了，
虽死又有什么益处呢？

但是，我啊，全能的上帝！
我又怎能这样忍心呢？
虽然是痛苦，
我也情愿把我的心泪灌遍全身啊！

作者简介：梁宗岱（1903 — 1983）广东新会人，诗人，学者。留法，北大法语系主任，在20世纪中外文化交流史和中国新诗史上占有不容忽视的重要地位，为中国西方语言文学教育和跨文化人才培养做出了卓越贡献。著作有《梁宗岱文集》。

白玫瑰

郭沫若

我的花雕酒已经喝了半分，
她的白玫瑰也接了几次芳唇。
她甘愿和我交换酒杯，
啊！我们在酒杯边上亲吻！

白玫瑰哟，你生命的灵浆，

你在同一的杯中分润了我俩的肝脏。
炎炎的烈焰在我胸中燃烧，
你可留有刺痕在她心上？

她喝了我的花雕酒罢，
调好声息后袅袅轻歌。
啊！我真尊荣绝顶了，
那当她还要流盼顾我！

上海是万恶的魔宫，
姑娘哟，你是净魔的天使。
我的孤影儿显在你的眼中，
我好像安坐在伊甸园里。

你在花笺上写些什么？
你原来写的是一首和歌。
你画的那个蓬蓬的男儿呀，
可不便是我吗？我？

姑娘呀，把你的歌儿给我吧！
她竖着指尖儿在我掌上一打——
我永远忘不了的呀，
啊！你这珍贵的一打！

作者简介：郭沫若（1892 — 1978）四川乐山人，1918 年开始诗歌创作。1919 至 1920 年间，写作了诗集《女神》，新的艺术形式反映了彻底反帝反封建的时代精神。1924 年以后系统地学习并接受了马克思主义。在文艺创作方面，还创作了以《屈原》为代表的 6 个历史剧，以及《十批判书》《青铜时代》等史论和大量杂文、随笔等。

失恋后

徐雉

我把我那乱丝般的爱情，
致密地织在这朵憔悴的花上；
将他封在信里寄给你，
使你见了他，好像见我一样。

它虽因没人供养而萎谢了，
却还是袅袅地吐着清香；
我虽因失恋而绝望了，
但我爱你还是和从前一样。

姑娘，你莫问我近况怎样，
我是憔悴得和这朵花一样；
若是你见了它会哭，
就请你流泪在花儿上。

花儿得了你眼泪的滋润，
枯槁的它也许有复活的一天；
只是这个被弃的我，
几时才能重受你的爱恋？

作者简介：徐雉（1899 — 1947）浙江慈溪人，“五四”时期诗人，作品发表于《小说月报》，是最早将毛泽东写进小说的人。出身军旅，性情豪爽。写失恋却又柔情似水。抗战时期是“主动赴难的诗人”，在战乱中不知埋骨何处。著有《雉的心》《徐雉诗选》等文集。

我的心

汪静之

我的心变成一支曲调，
拿去送给一位女郎。
在花韵早晨或月亮底下，
请伊随意地歌唱。
唱出一个浩荡的天空，
碧沉沉地无边无际，
豪爽的风吹着轻快的云，
飘来荡去南北东西。

唱出一个渺茫的海洋，
非常深又非常广阔，
壮勇的浪涛滚滚腾腾，
任性地奔放跳跃。

唱出一个茂盛的花园，
奇花异卉鲜艳无比，
都争着兴高采烈地开放，
非常香又非常美丽。

但是伊歌唱到如今，
仍旧是不曾知道——
不曾知道原是我的心儿，
变成了那支奇妙的曲调。

作者简介：汪静之（1902 — 1996）安徽绩溪人，“五四”时期诗人，是鲁迅关注的培养华侨子弟的暨南大学的青年诗人之一。著有诗集《蕙的风》（1922）、《寂寞的国》（1927）等。

赠

梁实秋

我想在你卷发覆着的额上，
栽下一棵热烈的接吻，
但是再想啊，唉！我不该再想！——
又怕热烈的接吻烧毁了你的灵魂！

人们说我的情田生了莠草，
人们说我的爱流溢了良田；
我年轻的女郎！可曾知道：
我只是渴望着你，于今一年！

眼角里水似的莹晶，
永远是我浴沐着的大海！
纵是温热，永不冰凝，
融不了我悲哀的重载！

我年轻的女郎，这不是失望；
且看取，黄昏紧系着破晓！
让我们平行的爱，继续添长，
终由上帝绾成一个结套！

作者简介：梁实秋（1903 — 1987）浙江杭县人，生于北京。文学评论家、散文家、翻译家。曾与徐志摩、闻一多创办新月书店，主编《新月》月刊。后迁台历任台北师范学院英语系主任、文学院院长。著有《看云集》《寂寞》等。

幽怀

倪贻德

清辉默默的夏夜，
我独坐在池旁。
流萤明灭，
睡莲徐吐幽芳。
晚风吹得乱发婆娑，
月光映着我的孤影彷徨。

啊！你娇美多情的月儿哟！
你幽娴圣洁的光辉，
今夜可曾照到了彼方？
那儿有连山的环抱，
那儿有潮波的荡漾，
——我爱人儿甜蜜的故乡！

啊，遥想那今夕的彼方，
定有幽人儿在对月神伤。
她那盈盈欲泪的眼波，
或许也在对着缥缈的远方怅望？

或许是在叹美好的青春，
随年华而消亡？
或许是为着目前的不乐，
与未来的命运而悲伤？

她曾说红颜已在镜里消瘦，
她曾说华发已在梳边凋丧。

她是多愁而失望。
自然的美景，
与现世的欢畅，
都在她枯干了的眼底消亡。

啊！我有时也想跪在她的裙边，
把我的相思苦痛和她重头数遍。
我有时也想如一个倦了的婴孩，
好教我多年的眼泪，
在她的胸前灌溉灌溉。

但关山隔了重重，
江水又一片渺茫，
只徒使我兴叹而惆怅。
我又不能如那遨游云间的鸟雀，
乘扬长的悲风而飞往。

到如今地隔千里，
人在两方，
在如此幻美的夏夜之中，
我只是孤冷地独坐池旁，
对了这皎皎的清辉，
徒临风而怀想。

作者简介：倪贻德（1901 — 1970）浙江杭州人，中学时代积极参加反帝反封建的新文化运动，1922 年毕业于上海美术专科学校，留校任教。擅长油画，历任浙江美术学院教授，第一副院长。

歌女

冯至

梦见一个歌女，
抱着琵琶歌唱；
她的哀怨之音，
睡在四条弦上。

乌黑的头发，
烘托出忧郁的面貌；
身着雪白衣裳。
双颊微微若笑。

尽是些浪漫的歌词，
她的歌声靡靡；
好像窗外雨正凄凄，
儿女对灯啼泣！

最后我忍不住了，
倒在她的怀里，
握住她的手儿，
她再也唱不下去。

她滴下一颗泪珠，
滴在我的口内；
我郑重地把它咽下，
说不出的辛酸滋味！

作者简介：冯至（1905—1993）河北涿州人，诗人，教育家，德语文学专家，翻译家。1921年考入北京大学预科，爱好诗歌。代表作之一是《我是一条小河》。

心上的写真

刘大白

从低吟里，
短歌离了伊的两唇，
飞行到我的耳际；
但耳际不曾休止，
毕竟颤动了我的心弦。

从瞥见里，
微笑辞了伊的双颊，
飞行到我的眼底；
但眼底不曾停留，
毕竟闪动了我的心镜。

心弦上短歌之声的写真，
常常从掩耳时重奏了；
心镜上微笑之影的写真，
常常从合眼时重现了。

作者简介：刘大白（1880–1932）现代著名诗人，文学史家。“五四”前就开始写白话诗，是新诗的倡导者之一。他的诗以描写民众疾苦之作影响最大，在“五四”时期的诗坛上别具一格。曾任上海大学教授。

醉了

卢冀野

恍惚我诵着太白的诗章，
柳荫下痛饮葡萄酒浆。
我忽然醉了！醉到乌有之乡，
抛却旧皮囊，高处自飞翔！
好像心爱的人儿那时就来偎我。
可怜她心事蹉跎，传出盈盈眼波：
“哥哥：到今天我们也有了解脱！”
她悄悄觑着我，向我这般说。

恍惚我那时便拥抱了我的心爱，
禁不住放情狂吻，放情狂吻！
骈首试桃腮，殷勤一就朱唇。
一切一切合体了，呵呵，我和她已更生！
好像我俩比翼着，正在比翼飞翔；
不知怎么就醒了！醒了依然这样：
爱人儿去得远远，更不见有什么他乡。
在我手里，只不过太白诗章和葡萄酒觥！

作者简介：卢冀野（1905 — 1951）南京人，诗人，学者，出身于望鹤亭一书香世家，有“江南才子”之称。1927 年东南大学毕业。著作有诗集《春雨》《绿帘》等，并作歌词《本事》，由著名作曲家黄自谱曲。

春

徐志摩

河水在夕照里缓流，
暮露胶抹树干树头；
蚱蜢飞，蚱蜢戏吻草尖尖，
我在春草里看看走走。

蚱蜢匍匐在钱花胸前，
钱花羞得不住地摇头，
草里忽伸出支藕嫩的手，
将孟浪的跳虫拦腰紧搂。

金花菜，银花菜，星星澜澜，
点缀着天然温暖的青毡，
青毡上青年的情耦，
情意胶胶，情话啾啾。

我点头微笑向前走，
观赏这青透春透的围囿，
树尽交柯，草也骈偶，
到处是缱绻，是绸缪。

雀儿在人前猥盼亵语，
人在草处心欢面赧。
我羡慕他们的双双对对，
有谁羡我孤独的徘徊？

孤独的徘徊，

我心源何尝不热奋震颤，
答应这青春的呼唤，
燃点着希望灿灿，
春呀，你在我怀抱中也！

作者简介：徐志摩（1897 — 1931）浙江海宁人，诗人、散文家，教授，新月派主将。徐志摩作品选集《落叶》中，收集《再别康桥》等40多首诗和《落叶》等约20篇散文。

歌

朱湘

在芽发的春天，
我想拿一套衣送怜，
衣上要挑红豆，
还要挑翠羽的双鸳——
但等绣成功衣裳，
已经过去了春光。

在绿肥的夏天，
我想折一支荷赠怜，
因为我们的情，
同藕丝一样的缠绵——
谁晓得莲子的心
尝到口这般苦辛？

在果熟的秋天，
我想攀下月来给怜，

代替她的明镜，
映照她如月的容颜——
但是我不能奋飞，
只得又空手而归。

如今到了冬天，
我一物还不曾送伶，
只余老了的心，
像残烬明灭白灰间——
被一阵冰冷的风，
扑灭得无影无踪！

作者简介：朱湘（1904 — 1933）湖南沅陵人，诗人，散文家，1925 年出第一本诗集《夏天》。被鲁迅誉为“中国济慈”的诗人。

流云

宗白华

一

我们并立天河下。
人间已落沉睡里，
天上的双星，
映在我们的两心里，
我们握着手，看着天，不语。
一个神秘的微颤，
经过我们两心深处。

二

我走到园中，
放一朵憔悴的花在她的手上，
我说，“这是我的心，你取了吧！”
她战栗的手，握着花，
清泪滴满花瓣，
如同朝露。
我低着声说：
“你看我的心，它有了生意了！”

三

月落时，
我的心花谢了，
一瓣一瓣的清香，有《宗白华全集》
化成她梦中的蝴蝶。

作者简介：宗白华（1897—1986）江苏常熟人，诗人，哲学家，美学大师。“五四”时期参加新文化运动很有影响。后系北大美学教授，南大哲学系代表人物。著有《宗白华全集》。

空虚的心瓶

丁丁

我捧着我空虚的心瓶，
走进了那深山的森林；
美鸟在枝头吱吱欢唱，
但清脆的歌声装不进
装不进我空虚的心瓶。

我捧着我空虚的心瓶，
走到了那渺茫的海滨；
浪花在海面翩翩飞跑，
但美丽的浪花装不进
装不进我空虚的心瓶。

我捧着我空虚的心瓶，
走进了那拥挤的人群；
来来往往着许多美人，
但无论是谁都装不进，
装不进我空虚的心瓶。

我捧着我空虚的心瓶，
走到了一座花园后门；
一缕如泣如诉的琴音，
从那绣阁里低低传来，
终于装满了我空虚的心瓶。

自从那如泣如诉的琴音，
装进了我空虚的心瓶；
不久开出一朵美丽的鲜花，
我便把我的血泪灌溉殷勤；
从此再不空虚我的心瓶。

作者简介：丁丁是丁嘉树的笔名，1907年生于上海，作家，文学评论家。20年代在上海大学学习时，与同学好友曹雪松合编《恋歌》。1926年出版《革命文学论》（收录蒋光慈，茅盾，郭沫若，陈独秀，瞿秋白等19位作者的文章）一书，在文坛影响较大。这期间还出版诗集《红叶》和中长篇小说等多部作品。

湖滨

曹雪松

白云淡淡地在天边逍遥，
落叶轻轻地在湖面飞飘，
几株消瘦的红蓼，
低头默默静悄悄。

哦！何处来的一阵清脆的歌声，
丝丝缕缕地从红蓼花中曲折地飞进？
不知是雕梁画栋上的紫燕喃喃，
还是碧柳深处的飞莺呖呖？

去年今日，啊，去年今日呀！
仿佛也是在这个清幽的湖滨，
仿佛也是在这个薄暮的时分，
我曾与那人儿在这里曼声低吟！

轻微的湖风挟着悠悠的诗情，
飞吻在湖岸上丛密的林叶里，
发出清婉的纤纤艳艳的响声，
声声像是在欢贺我们绮锦的青春！

但是，而今呢，往事都成梦影，
已逝的欢乐也永不再临！
唯有当时剩余的哀音，
尚缭绕在我的耳际隐隐！

啊啊，你这缭绕在我耳际的哀音呀！

逍遥的白云也能散离，
飞飘的落叶也能消除，
但你却为何终于依恋我而不去？

3

附录

作者简介：李镛，1939年出生，辽宁铁岭人，1952年迁居上海。中国近现代史料研究学者。20世纪80年代以来，在南京、北京、上海等地报刊发表数量不菲的史料考证和书评。如近年披露茅盾抗战期间在重庆主编旅行杂志史实；追踪柳亚子旧藏南明史料下落的经过。

曹雪松先生印象

李镛

时光远去，时光里的背影远去。手捧新出版的《曹雪松电影剧本选》，墨香沁人肺腑。先生的音容笑貌，在我脑海中浮现。这位一生坎坷的老人，在他的亲人、学生、朋友的心中，始终是珍藏着的慈祥的父亲、尽职尽责的师长、诚笃可信的故旧。

我从小喜欢文史地，钟情小人书，与书结下不解之缘。1952年我考入虹口中学，一直延续到1958年毕业。入校不久，听说历史老师曹雪松（教研组长）、叶玉华（世界史学者，后调上海历史研究所任职）都是才学出众的长者。

离虹口中学不远的昆山路，与福州路、昭通路、老城隍庙一样，也是有名的旧书街，引得不少文化人、学生和爱书者流连忘返。著名作家袁鹰回忆录《梦里依稀昆山路》中说这里给他留下了温馨的记忆。一次放学后，我去昆山路，突然发现曹雪松先生挎着黄背包淘书，便大胆向他问好求教。曹先生亲切随和地问，你怎么认识我。听我回答后，他就像老朋友一样交谈并赞许我热爱历史和读书的习惯，勉励我坚持下去。我们就这样熟悉了。

新中国的成立，为人们带来无比欢乐和憧憬。1950年秋，经大革命时期上海大学校友戴介民（华东师大）、孔另境（作家）介绍，已脱离影剧事业的曹雪松来到虹口中学任教。我入校后，与同学们一样，深为曹雪松先生授课艺术吸引。他备课认真，一上讲台，课本和笔记几成多余之物，枯燥的历史事件和人物，往往用故事形式娓娓道来，引经据典，给你一个想不到的惊喜。记得他教伟大的敦煌艺术，高僧玄奘印度曲女城论坛雄辩，都讲了不止一课时，下课了，同学们仍觉得意犹未尽。对新来的年轻教师，他都给予热情帮助，没有一点架子。据有关资料记载，为做好革命史教学工作，他利用业余时间，主动编写了《中国新民主主义革命史总复习提纲和授课计划》。经领导推荐，由上海市教育局印发上海各中学做参考资料。

据虹口中学史料，在伟大的抗美援朝运动中，曹雪松先生废寝忘食、精心创作并编导了三幕话剧《陈菊仙之家》，在校公演。对鼓舞同学参干，起了很大作用，获得有关领导、师生和家长的一致赞扬和好评。

中华人民共和国成立前，曹雪松先生从事影剧事业长达20年，创作经历和数量不菲，几十年来，只有《上海影坛话旧》《中国电影发展史》及《新民晚报》少数报刊有简略提及，几乎成了被遗忘的人物，原因是大环境使然。

20世纪50年代中，我有机会看到画家叶浅予创作的漫画集《王先生》及多种电影期刊史料，知道了曹雪松先生曾长期活跃在影坛上，编过《王先生》系列电影剧本，出演影片中“小陈”一角。便向曹先生请教，为此听到许多逸闻趣事。

曹雪松先生，1907年生于江苏宜兴，5岁丧父，经济困顿，几度中断学业。考入苏州江苏第二农业中学不久，因参加反对学阀校长的学潮被开除。

大革命时期，国共合作创办的上海大学，为培养革命干部和人才做出重大贡献，深受青年学生热爱。曹雪松抱着找出路和追求进步的愿望，于1925年秋以论文《中国私生子问题》（后由群众书店出版）以同等学力考入上海大学文艺学院中国文学系，为三年级插班生。系主任陈望道，教授讲师有沈雁冰、刘大白、谢六逸、郑振铎、田汉、任二北、赵景深等。经常接近的同学有戚惠农、董每戡、顾诗灵、孔另境等。他认真读书，钻研文艺，尝试创作，参加剧团，并出演了阳翰笙导演的话剧《孔雀东南飞》，饰主角兰芝。

1925年起，他曾用曹雪松、曹锡松、雪松、江峰、凤凰等笔名，发表各种作品。有据可查的是：

上海尚志书屋版《火榴》小说，根据苏联电影《党人魂》即《伏尔加船夫》改写；

现代书局版散文集《雪茵书信》；书信体长篇小说《诗人的书信》；

南星书局版散文《红桥集》；

大东书局版《心的惨泣》，为徐志摩主编的“新文学丛书”之一，含小说《离家》等3篇；

泰东书局版剧本《少年维特》；

群众书局版长篇小说《死者的情书》；杂文《三角恋爱问题》；诗集《爱的花园》；短篇小说《溪边黄昏》；

商务印书馆版《苏联的电影》（人民百科丛书之一）；《电影编剧法》（电影小丛书之一）。

据有关资料，曹著小说《飞絮》，出处待查。

20世纪30年代曹雪松还写过一些流行歌曲的歌词，如《打莲湘》《湖滨舞铃》。

1926年，曹雪松由同学马彦楷（中共党员）介绍，加入“中山主义学会”，该会是共产党的外围组织。他与戚惠农合编《三民主义浅说》，由大东书局出版。他曾参加五卅周年纪念大会和示威游行，在南京路上冒着反动军警的镇压，散发传单，经历了革命风雨的洗礼。1926年底，因病回家乡宜兴休养。1927年“4·12”反革命政变，上海大学被封，师生星散，许多人被捕牺牲。曹雪松与组织失去联系。他在上海走上从影之路。

据曹雪松先生自述及大量相关影剧史料，让我们简略回顾他从影20余年的历程和闪光的路标。曹雪松先生1929年春开始从影，先后在孤星、月明、强华、天一、新时代、大中华等影片公司任编剧、导演和演员，还在明星歌舞团、新时代剧团、群莹剧团任职。

20世纪30年代，《王先生》系列喜剧片闻名遐迩，家喻户晓。

故事的内容以表现下层小人物的喜怒哀乐，拌以笑料和讽喻，深得市民阶层喜爱。倾倒无数影迷，创下高卖座率，一时轰动大上海。1933年天一公司拍《王先生》系列片的第一部，编剧于定勋，导演邵醉翁，主要演员汤杰、曹雪松、陆丽霞。

不久，明星影片公司周剑方见《王先生》票房价值红火，另行筹组新时代影片公司，请叶浅予任总经理，主持拍片事宜。曹雪松、汤杰应邀加入，拍摄了电影《王先生的秘密》《王先生过年》《王先生到农村去》，编剧曹雪松，导演左明，主要演员汤杰、曹雪松、黄耐霜。

1936年，天一影片公司续拍《王先生奇侠传》《王先生生财有道》。编剧、导演左明，主演汤杰、曹雪松、李琳。

1938年春，曹雪松、汤杰在重庆组织新时代剧团，先后在重庆、汉口、长沙隆重演出话剧《王先生抗战记》《三先生看报》，宣传全民抗战，打倒日本侵略者。社会反响强烈，效果颇好。编剧、导演曹雪松，主演曹雪松、汤杰、黄耐霜。

除了《王先生》系列片，早在1931年，曹雪松在孤星影片公司编写了自己第一部电影文学剧本《新玉堂春》，并由陆福曜导演，陆福曜、钱似莺、包古松主演，摄制完成上映。其后，一发不可收拾。据不完全统计，曹雪松编写了如下电影剧本：《二孤女》《铁链》《红楼春深》《舞宫春梦》《欢喜冤家》《热血青年》《南湖船娘》《满城风雨》《此恨绵绵》等。其中，电影插曲《搬夫曲》，作词曹雪松，作曲是音乐家冼星海；《船家女》，作词曹雪松，作曲是音乐家沙梅。

1947年曹雪松编剧的《三女性》，由大中华影业公司出品，岳枫导演，李丽华、陈琦、罗兰主演，在香港上映，轰动一时。其内容的清新，进步的倾向，为香港观众称道，成为20世纪40年代后期香港影坛的亮点。

1949年春，曹雪松完成电影剧本《风雨花园》，通过一个家庭故事，表明半封建半殖民地的旧中国必然覆灭的命运。完稿时，临近解放，与曹编众多电影剧本不同的是，此剧未能拍摄上映。

1958年，曹雪松被定为“右派”，降为职员，留校图书馆监督劳动。

工资待遇由中教2级的每月130元改为发生活补助费每月36元。后来，与妻子离婚。1972年10月退休，退休金每月34元。直至1978年经组织审核，改正错划“右派”，落实政策，恢复享受原工资待遇。

1978年曹雪松先生迎来了第二个春天，他欢呼雀跃，全力以赴，投入自己一生喜爱的艺术创作中。曹先生对唐史素有研究，20世纪50年代我就曾看到过他撰写的关于敦煌艺术、唐代佛学和玄奘法师的论文。唐明皇杨贵妃的故事，引发出那么多感慨吟咏，留下的佳作名句何止千百，造就了不朽的诗篇创作。民国时期，孙伏园回忆录曾说，鲁迅先生也准备创作杨贵妃剧，惜未如愿。创作电影剧本《杨贵妃》是曹雪松先生多年的夙愿，也是他一生艺术创作追求真善美的写照。《杨贵妃》的大功告成，是古稀之年的曹雪松先生夜以继日，废寝忘食，辛勤耕耘的心血结晶。曹著《杨贵妃》剧本，借唐明皇杨贵妃的荒唐爱情故事，以表现人物性格和内心世界的跌宕起伏的浓烈色彩，展示了大唐帝国由盛而衰的史实。行文笔触酣畅淋漓，电影语言华丽典雅，把美的享受奉献给了读者，引发了人们经久不息的回想和沉思。

1984年7月，曹雪松先生未及看到《杨贵妃》问世，带着欣慰和遗憾，永远离开了我们。

曹雪松先生，在您百年诞辰来临之际，作为您的学生，心中充满了敬慕感激之情。我会永远守望着为国家民族奉献的前辈，祝福您在天之灵祥和安乐。

衷心感谢项纯丹女士的热忱和仗义执言。感谢曹惠芬女士和郁群先生的努力，《曹雪松电影剧本选》终于问世。感谢虹口图书馆、虹口中学和文友的帮助，使这篇小稿得以完成。

2006年9月于上海寓所

作者简介：项纯丹，笔名伊君、陈伊君、安娜。上海作家协会会员。毕业于上海戏剧学院戏剧文学专业，上海文艺出版总社上海文化出版社副编审。1973 年开始创作生涯。近年发表作品：短篇小说《八月桂花香》《芦花岸》等，长篇小说《红账本之谜》。翻译独幕剧《家庭幸福的画面》。小说《云哥》荣获雨花编辑部“纪念中国人民抗战胜利暨世界反法西斯战争胜利 70 周年”征文小说类优秀奖。

时光湮没的文化老人

——忆影剧作家曹雪松

项纯丹

前不久，香港文汇出版社出版了《曹雪松电影剧本选》。捧着墨香弥漫的新书，一个被时光湮没、被人们遗忘的文化老人曹雪松在我的记忆中浮现。

一、“旧袜子弄堂”里的老人

我认识曹雪松先生时，他已年逾 70，矮矮胖胖的，待人和蔼，头脑清晰，话音洪亮，颇具长者风范。

曹先生当时住在上海多伦路（如今已是有名的文化街）201 弄 63 号，这是一栋日本式二层楼房。他的曾外孙盛慧（《佛山文艺》杂志社编辑，著有长篇小说《欢乐或疼》《白茫》）称之为“旧袜子弄堂”。据曹先生说，这幢楼原本都是他一家住，最初是用 20 根金条订下来的。他被打成“右派”后，妻子（第二任妻子）要求离婚，他把楼下客堂和一楼半的亭子间分给了妻子。后来，妻子搬走了，换了一户人家进来。曹先生住二楼，在楼梯拐弯处装了个“腰门”。于是，房间与晒台之间的过道便成了他吃饭、会客、写作的地方。我去时，看见“三合一”过道的圆桌上摊着稿纸。他说，他在创作电影剧本《杨贵妃》，对这个题材，他酝酿已久。为了收集有关史料，他曾整日整日地在虹口图书馆度过。“杨贵妃！”击中了我的兴奋点。我在上海戏剧学院读书时，清传奇洪升的《长生殿》是我最喜欢的中国古典剧种之一。这时，我情不自禁地吟起了白居易的《长恨歌》，“天长地久有时尽，此恨绵绵无绝期”，还有杜牧的《过华清宫》，“一骑红尘妃子笑，无人知是荔枝来”。正是这个“杨贵妃”的话题，使我和这位老前辈结下了缘分，成为忘年之交。

从此，我便成了那个“三合一”过道的常客。那里还有一些常客——曹先生的学生，大多是文学青年。曹先生退休前在虹口中学教历史。尽管他大学时代读的是中国文学专业，而在虹口中学当历史教师之后，又潜心研究历史，尤其对唐朝历史（包括唐朝的佛学、文化、艺术）烂熟于心，并把自己在这方面渊博的知识传授给他的学生。例如，仅“唐玄奘曲女城佛学辩论”一节，曹先生就眉飞色舞地讲了3堂课，讲得生动精彩，学生们听得津津有味。这件事使他的学生李镛先生记忆犹新。唐玄奘西去印度取经，在印度曲女城参加了佛学论坛，在这次辩论中显示出非凡的才华，学术水平高过印度本地的佛僧。印度佛学领袖很器重玄奘，一再挽留他，而玄奘执意回国，表示要把释迦牟尼学说带入中土，让释迦牟尼学说传播开来。毫无疑问，同学们非常喜欢听曹先生的课，他演讲的《孙中山》赢得了满堂鼓掌。曹先生曾跟我提起他的“宏伟计划”：写完《杨贵妃》，再写《孙中山》。“我有一大捆孙中山的资料，藏着”。真可谓：“烈士暮年，壮心不已！”

有所不同的是，曹先生的《杨贵妃》是以唐明皇与杨贵妃的爱情为线索，反映了唐明皇时期的这段历史，揭示了“安史之乱”的社会根源，揭露了帝王生活的荒淫糜烂，等等，容量相当大。他每构思一个情节，都与我讨论。我每次去，第一件事就是读他刚完成的一个段落。他把杨贵妃塑造成一个妩媚多情的才女（后来我才知道《杨贵妃》融进了他的感情经历）。他把杨贵妃创作排演《霓裳羽衣曲》的场景描绘得美轮美奂，使我至今记忆犹新。我曾闪过这样的念头，如果有朝一日我来拍这部《杨贵妃》，一定能如实地体现曹先生的审美追求。渐渐地，我有些诧异，曹先生的电影创作功底怎么这样深厚？

经一再询问，才知曹先生早在20世纪30年代就开始写电影剧本，并且小有名气。他曾供职几家影片公司，其中天一影片公司是当时上海电影界三足鼎立之一，另两家是“联华”和“明星”。天一影片公司，1925年6月由邵醉翁、邵村人、邵仁牧、邵逸夫兄弟创办于上海，地址在虹口东横浜路383号，不久迁入虹口华德路（今长阳路）68号，拍摄了第一部有声片。

在多次交谈中，他只是淡然地透露这么一句：他为“天一”老板赢了不知多少利润。对这句话，我深信不疑，因为我发现他深谙电影文学创作的成功诀窍，追求艺术完美，对好莱坞黄金时代的经典影片都有研究，尤其喜欢，甚至崇拜卓别林的表演艺术。

我当时正在主办《电影选刊》，对中外电影史上有影响的人物都比较了解。20世纪30年代的电影，大多只提张石川、郑正秋。一次，我终于发现一本书（已记不起书名）提到“曹雪松”，仅两三句话，这两三句话令我喜出望外。这两三句话的意思说，天一影片公司只以赢利为目的，说曹雪松写的剧本大多“迎合小市民需要”。我明白了，也许因为曹先生“迎合小市民需要”，而不大提到他。在旧制度统治的时代，老板为赢利而制片，是很自然的。而老上海文化人、电影艺术家为了使自己的作品被老板录用而力求符合老板的赢利要求，也是可以理解的，另一方面迫于社会环境只能寓教于乐，只能通过讽喻嘲弄的手法和惩恶扬善的主题来宣泄弱小者对现实的不满和愤慨。

也是这两三句话，使我知道他写过一本颇有“进步意义”的《三女性》。碰巧，我的一位北京中影公司、中国电影资料馆的朋友向我推荐了两部老电影，一部郑正秋的《姐妹花》，一部就是曹先生的《三女性》。《三女性》由1947年香港大中华影业公司出品，剧中3个女性分别由李丽华、陈琦、罗兰饰演。据《中国电影发展史》载，当时香港各影片公司的产品绝大多数是落后、反动的，不是颂扬国民党特务间谍，就是宣传凶杀、恐怖、变态心理、色情等有毒内容。而曹先生的《三女性》以向上、懦弱和堕落的3个女性形象给人以启示，让观众从银幕上触觉到时代的闪光。在当时，这样的影片可算凤毛麟角，正因为如此，《三女性》是20世纪40年代末香港影坛的亮点。于是，我当机立断地在1983年第一期《电影选刊》上发表了《三女性》。

二、早年涉足新文学

曹雪松先生的一生是执着艺术的一生，兢兢业业的一生，竭尽奉献自身才能的一生。

他1907年11月29日生于江苏宜兴西乡潘家坝稻坂村，5岁丧父，靠母亲雇人种20亩地和做缝工养育他。因为受有钱有势的族人欺凌，母亲常带他去父亲坟上哭诉，因此他小小年纪就在心里发誓要为母亲争气，发愤读书，将来出人头地。曹先生7岁上小学，念的中学是江苏省立第二农业学校，但因反对学阀校长王舜臣而被中途开除。从中看出他有反骨，对封建专制不满。1925年秋以论文《中国私生子问题》（后由群众书店出版）考入上海大学，为三年级插班生。当时的上海大学是大革命时国共合作创办的进步大学，为培养革命干部和人才做出了重大贡献。校长由于右任、邵力子挂名。曹先生所在的上海大学文艺学院中国文学系系主任是陈望道，教授有茅盾、刘大白、谢六逸、郑振铎、田汉、任二北、赵景深和蒋光慈。在校，他与同学戚惠农、董每戡、顾诗灵、孔另境等一起钻研文学，谈论时事。他与戚惠农合作编写了一本《三民主义浅谈》（由上海大东书店秘密印行），具有进步意义。他还曾在阳翰笙导演的《孔雀东南飞》中担任主角（1925年）；1926年，他与同学们一起冒着枪林弹雨参加纪念五卅周年活动；随后又参加了共产党外围组织的中山主义学会。1926年年底因病回宜兴家乡休养。1927年春，北伐军入宜兴。大革命洪流冲击家乡，也鼓起他的革命激情，投入当地的革命工作。宜兴成立新政府，他在国民党（左派）宜兴县党部搞宣传，后任县政府教育科科员。“四·一二”局势大变后，他逃回上海。这时上海大学也遭到反动派查封，有的同学被逮捕，有的同学被杀害，就此他与党组织失去了联系。

就在1927年至1928年初，他卖文为生，出了几本小册子——《国民革命的两大使命》《三民主义纲要》，还有一本《少年维特》剧本，均由大东书店出版。

1928年春夏，他见上海君毅中学登报招国文教员，就应聘入校教书。执教至这年冬天。其间4月母在乡间病逝，他回乡奔丧料理后事。

1929年春，他寄居华北公寓，靠借债度日，“生活至苦，稿费收入有限”，经朋友介绍“为孤星电影公司写影片字幕，按件计算，每片稿费约三四十元”。

1930年，“当时只道是平常”，其实在曹先生的一生中留下了很不寻常的一页。这年夏天，他偶遇上海大学的同学徐呵梅，她住在华北公寓对面的弄堂里。听到曹先生失业在家，她便介绍他到政府教育局任社会科学科科员。徐的丈夫陈德徵是市教育局局长。到了秋天，社教科接到上面交办的一件公差：要查禁现代书局的一本书。现代书局是张静庐（副经理）与洪雪帆（经理）于1927年合资创办的，张静庐堪称民国时期出版领域的领军人物之一，后人称他为出版家兼出版史家。富有正义感的曹先生私下告知现代书局，胆识过人的张静庐就更换书名重新印行。这事给陈德徵发觉后就将曹先生撤职。曹先生由此又开始卖文为生。

在继续撰写影片字幕的同时，他写了《雪茵书信》，由现代书局出版，因销路甚广，张静庐又约他写《诗人的书信》。此后一发不可收。散文《红桥集》（南星书局版）和小说《火榴》销路也都不错，使他这年的冬天得以维持生活。一年出版4本书，真是一位多产的快手作家。就是这个富有戏剧性的一年，为了生存，他无意间涉足新文学。

曹先生早年的写作，除了他自传记叙外，他的学生李镛先生不顾暑寒埋头于故纸堆，终于在《中国近现代人物名号大辞典》中查阅到相关条目(12043)：“曹雪松（清末至民国初）原名曹锡松，改名曹雪松（署见1925年10月24日上海《民国日报·觉悟》发表《什么是自由恋爱》）。著《心的惨泣》1929年大东书局出版，为徐志摩主编的“新文学丛书”收小说《离家》等3篇；《诗人的书信》1933年现代书局出版，系书信体小说；《火榴》，1928年上海尚志书屋出版，据苏联电影《党人魂》（即《伏尔加的船夫》改写），笔名曹雪松（见《民国日报·觉悟》），1925年12月31日发表《漂泊者挽歌》，凤凰、江峰（见《夜莺》杂志）。”除了这个条目，李镛先生还查到在《群众月刊》第一卷第一期（中华民国十八年3月出版，编著者：春晓社，上海群众图书公司发行印刷出版）版权页上方广告栏目收有曹雪松5种著作：短篇小说《溪边黄昏》、《心群月》（编著）、诗集《爱的花园》、杂文《三角恋爱解决法》、《中国私生子问题》（编著）。群众书局还出了长篇小说《死者的情书》。商务印书馆出版了《苏联的电影》（人民百科丛书之一）、《电影编剧法》（电影小丛书之一）。杂文、小说、散文、诗歌，可见曹先生的文学创作兴趣极其宽泛。

作家的创作离不开自己的生活，新文学时代的作家也不例外。曹先生的同学兼好友丁嘉树（是曾主编过《文化日报》副刊《夜莺周刊》和《絮茜》杂志的丁丁）就提供了这样的信息。他在一篇题为《曹雪松》的文章中写道：曹雪松，原名曹锡松，是一位背叛了封建家庭的流浪诗人；他热烈地爱着自己的表妹吴克茵，却又深深感到自己没有能力使对方幸福，内心十分矛盾。他出过一部《雪茵书信》，便是两人的情书集。前文提到的曹先生的一部新诗集《爱的花园》，其在1927年初版时刘大白、郑振铎两位新文学代表人物亲自为该书作序。郑振铎先生在序言中也说：“很感动他的过去的生活。”刘大白说：“他能将青年的热烈的爱赤裸裸地表现出来。”哦，追求恋爱自由，在20世纪30年代是难能可贵的，是曹先生年轻民主思想的折射，也是新文学作家的又一个特点。

盘点曹先生的文学创作，不仅看到他个人的文学才华，更重要的是对今人有两点启示：一、了解新文学作家创作状态之艰难，阁楼里的写作者不在少数，他们为底层百姓呐喊；二、让今天在太平盛世从事创作的青年身在福中更知福，专注于写出更多正能量的作品。

三、20世纪30年代妇孺皆知的小陈

关于曹雪松20世纪30年代从影的介绍，上海文艺出版社1987年出版的《上海影坛话旧》一书有较多的笔墨，并详尽而客观地提到了曹先生在20世纪30年代电影《王先生》中扮演妇孺皆知的小陈。《王先生》是天一公司老板邵醉翁看了著名画家叶浅予的《王先生》连载漫画后产生的灵感。书中写道："邵醉翁还看中公司编剧曹雪松作为影片中的王先生的搭配人物'小陈'，显得'珠联璧合'。"曹先生"虽然没有上过银幕演戏，但他的形象确也酷似叶浅予漫画中的'小陈'"。《王先生》推出后，轰动一时，为"天一"赚了大钱，王先生和小陈这两个人物也家喻户晓。

我看电影《王先生》，是在曹先生故世10年之后。那是在一次20世纪30年代电影回顾展上，观摩了两部老电影：《女神》（阮玲玉主演）和《王先生》。看到银幕上那个逗人发笑的喜剧人物小陈，想到在座的也许没人知道这个"小陈"是怎样的一个人物。况且，据曹先生的大女儿（曹惠芬女士，现已故）说，王亦秋先生在新民晚报·夜光杯《"王先生"旧事》一文中把"小陈"曹雪松，误写为"赵雪松"；继而又想到也许更没人知道，那个小陈的扮演者晚年还在辛勤耕耘而被人遗忘（遗忘得连他的出生年月都不详）。本文后面引的两条记载，《中国近现代人物名号大辞典》仅在"曹雪松"后面括号里注"清末至民国初"，其二《中国电影大辞典》有关曹雪松的条目里他的出生年月干脆没注。

对于《王先生》的评价，《中国电影发展史》中有这样两段文字：

“《王先生》是于定勋根据叶浅予早期的同名连环画改编，由邵醉翁导演。原作通过对王先生这个小市民人物的描述，多少暴露了一些当时上海社会的畸形现象，带有一定的讽刺意义。”“原来主演《王先生》的演员汤杰、曹雪松等离开‘天一’后，还自办了新时代影片公司专拍王先生影片，继续完成了《王先生的秘密》《王先生过年》《王先生到农村去》等。”

《上海电影志》则是这样写的：

“《王先生》原是画家叶浅予创作的连环漫画。漫画寓人生哲理于讽刺幽默之中，富有浓厚的生活气息，因此拥有大量的读者。天一影片公司率先将它拍成喜剧片，搬上银幕，获得可观的票房收入，于是，《王先生的秘密》《王先生过年》《王先生到农村去》《王先生奇侠传》《王先生生财有道》等10多部“王先生影片”相继问世，构成了一组系列性的喜剧片。”

总之，《王先生》的上映在20世纪30年代是件盛事，史料上不能不写。

1995年出版的《中国电影大辞典》中收了曹雪松的条目，内容如下：“曹雪松，编剧、演员。1934年任天一影片公司编剧兼演员。编写电影剧本《热血青年》《红楼春深》等。一度任新时代影片公司编剧。后曾在天一影片公司拍摄的影片《王先生奇侠传》《王先生生财有道》中扮演重要角色。电影编剧：1934年《热血青年》《舞宫春梦》、《钟声响了》、《红楼春深》、《王先生的秘密》（与左明合作）。1935年《王先生过年》《王先生到农村去》。1947年《三女性》《满城风雨》。演出影片：1936年《王先生奇侠传》《王先生生财有道》。”这里有个失误，没有提到他演的《王先生》，后来查看该词典上的电影演员名单才明白——《王先生》一片中小陈的扮演者是曹锡松，编者不知道“曹锡松”和“曹雪松”系一人，曹先生原名曹锡松，笔名曹雪松。

关于《王先生》，有一段插曲，即前文《中国电影发展史》也提到，《王先生》在影片营业上大获成功，老板中饱私囊，最初对扮演王先生的汤杰“许于重酬”“增加月薪”，结果却不肯履行诺言。汤杰一气之下，就和曹雪松磋商另谋出路，由叶浅予牵头，创办了新时代影片公司，从1934年到1935年两年拍了《王先生的秘密》《王先生过年》《王先生到农村去》3部影片，虽然拍了3部“王先生”，但由于资金周转不开，只好关闭。

四、影剧创作生涯

曹雪松先生1929年春开始从影，那时才20多岁。创作的第一部文学剧本是《新玉堂春》。《上海影坛话旧》也说，“曹雪松为‘天一’编写过《热血青年》（1934）、《舞宫春梦》（1934）、《红楼春深》（1934），还改编了张恨水的原著《欢喜冤家》（1934）等剧本，都已由‘天一’拍成影片”。这些电影都很卖座。其实，何止天一影片公司一家，据后来找到的他写的《自传》所述，从1927年夏到1937年整整10年间仅有两次离开上海，一次到湖南拍新闻片，一次随明星歌舞团去泰国演出，其余的大部分时间在上海影界做事。他还与冼星海、沙梅合作过歌曲，冼星海作曲的《搬夫曲》、沙梅作曲的《船家女》都是由他作词，另外还创作了《打莲湘》《湖滨舞》等20世纪30年代流行歌曲的歌词。

曹先生对自己的创作是这样认为的：“这些影片和作品的内容，大多是恋爱故事，也有部分作品反映社会问题而在当时具有一定程度的进步意义。”

在抗战流亡的8年中，曹雪松辗转湖南、贵州、四川。1938年春，他和汤杰在重庆组织新时代剧团，先后在重庆、汉口、长沙隆重演出话剧《王先生抗战记》《王先生看报》，宣传全民抗战，打败日本侵略者，激起社会的强烈反响。这两个话剧编导都是曹雪松，主演：曹雪松、汤杰、黄耐霜。1938年夏，新时代剧团解散，汤杰等人回上海，而曹雪松坚持留在大后方从事抗战工作。他先在长沙编导了五幕话剧《祖国的儿女们》，颂扬沦陷区游击队不畏强暴，奋起抗日。这个戏由湖南省学生集中训练总队的学生出演，其中有张治中将军的儿子张一真（张治中与曹雪松是上大的校友）；后担任贵州省军官处政治部抗战剧团主任（1938 年）；最后到重庆（1940 年）由张治中引荐，任第三厅电影放映总队副总队长，1944 年秋升为队长。

抗战胜利后，曹雪松回到上海在大中华制片厂担任过编剧。他又重操力笔，创作了《满城风雨》，合作了《热血青年》《驼龙》等多部类似《三女性》的具有进步意义的影片。从影 20 年间，与曹先生共事的电影界人士有洪深、左明、高梨痕、文逸明、岳枫、朱石麟、汤杰、陆丽霞、范雪朋、黄耐霜、胡珊、陶金、许幸之、汤晓丹、李琳、陈娟娟、龚秋霞、白云等。所以站在历史唯物主义的立场上看，曹雪松先生应该是中国早期电影值得一提的人物。

中华人民共和国成立后，于 1950 年秋由友人孔另境（茅盾的小舅子）介绍，曹雪松进了虹口中学，曹先生怀着对新中国的满腔热情，在教育战线上发扬他一贯兢兢业业的作风。在虹口中学担任历史教师期间，由于工作积极，业务能力强，后任高中历史教研组长。1953 年冬，他受领导委托撰写了《中国新民主主义革命总复习纲领》，1954 年夏，又撰写了《中国新民主主义革命教学授课计划》。教育局把他的这两份教材加以印制分发各中学作为教学范本。同时，他也不放弃电影剧本的创作。为了配合土地改革和抗美援朝，他积极投入《陈仙菊之家》的创作。这个戏在学校公演，同学和家长看了都很感奋。1957 年曹雪松被打成“右派”，他便在学校图书馆埋头研究历史。1962 年摘帽。1978 年平反，他已是古稀老人。然而，这对于他意味着第二个春天。关山似铁，残阳如血，万事从头越。他开始执笔创作电影剧本《杨贵妃》。

五、《杨贵妃》完稿之后

电影剧本《杨贵妃》终于完稿了。这是他多年的愿望，也是他一生追求真善美的写照。

曹先生在剧本的引言部分说：“《杨贵妃》是根据唐代大诗人

白居易写的著名长诗《长恨歌》，并参阅其他有关资料、传说，加以改编而成。”但是，这个剧本在思想内容上还是对《杨贵妃》有所突破的。报界前辈郁群先生评价《杨贵妃》剧本时提出了三点创新：1. 对唐明皇、杨贵妃情爱的荒唐性有突出而生动的描写；2. 对唐王朝的腐败、衰落有突出而深刻的刻画；3. 对一些主要人物的性格描写有创新。读过《杨贵妃》的人，一定会觉得这个评价不无道理。尤难能可贵的是曹先生用历史学家的眼光来看待唐王朝的衰败，正如《贵在创新——评价电影剧本〈杨贵妃〉》一文所说：“安禄山兵破长安，只是外因，这种外因是在王朝制度本身腐败、经济凋落、民不聊生的情况下才能一时得逞的。”笔者还得补充一点，这个剧本的艺术性，除了文章前面谈到的，还有，文字形象化，简洁的文字里容纳了丰富的内容，可以说就连镜头都给导演分好了。

曹雪松先生把剧本寄往广州，陶金看了十分赞赏，很想拍这个电影。可是，由于戏中场面较大，筹措资金困难，事情就此拖了下来。当时，我也把剧本送电影厂，希望有导演接受。他跟我商量，等有摄制单位接受拍摄，我们好好庆祝一下。意想不到的是，还没等到这一天，他就病倒了。我去医院看望他。他说，浑身痛，每个关节都痛。我知道，那是积劳成疾的缘故。我前面说过，我最初见到的他是那么健康、乐观，他的性格又是那么随和、豪爽，与人相处不计得失，淡泊名利，他的心态也比他同年龄的人年轻。他没有经济能力请保姆，而他这样的高龄，生活完全由自己料理，还把居室收拾得整洁雅致。虽说自然规律不容违背，但曹先生从一个思维敏捷、富有活力的老人到卧床不起的病人，足见他为《杨贵妃》废寝忘食、呕心沥血。

躺在病床上，他对我叙述起他曾经历的一段情事。他看中一个年轻漂亮的才女，他为她奔东奔西，为她掏尽钱财，就在布置新房，准备举行婚礼的前夕，她乘船时从舢板上掉下河里，给浪涛吞没，死不见尸。他悲伤不已，为她做了个衣冠冢，以尽他的情意。可别人告诉我，曹先生被人蒙了，那才女与别人私奔了。我想，也许曹先生的朋友认为，说那才女死比说那才女背叛，对曹先生的打击要来得小点。至于事实究竟如何，我没有再去探究。我认为，这并不重要。我提起这段轶闻，是因为从中折射出曹先生的痴心善良，以及宁可人负我、不可我负人的做人准则。

毕竟年事已高，曹先生这次病倒再没起来，终因脑溢血于1984年7月12日与世长辞。他在病危之际，叮嘱女儿说："我死之后，丧事从简，在我的墓碑上就写这么几个字，电影剧本《杨贵妃》的作者曹雪松之墓。"

曹先生一生为生存而奋斗，几经磨难，到了晚年得到平反，理应享享清福，可他却重整旗鼓，忘我地投入影剧创作。"春蚕到死丝方尽，蜡炬成灰泪始干"。这位前辈的执着精神令人感佩。

六、血浓于水的延续

《永恒的记忆》是我受曹先生大女儿曹惠芬的女婿郁群的委托，写回忆曹先生的文章，作为《曹雪松电影剧本选》的代序。该书收入曹先生的两个电影剧本：《杨贵妃》和《三女性》。我意犹未尽，又在《老年报》上发表了《追忆影剧老作家曹雪松》，后果是，引来了两个与曹先生有关系的人：其一，他的学生李镛；其二，他的曾外孙盛慧。

盛慧来联系我时，我还不知道曹先生的小女婿姓盛，但这位盛小辈写曹先生之死的随笔里淡淡的文字透出深深的亲情。这篇随笔让我毫不犹豫地认可他是曹先生的后人。当时，他已在文学上初露锋芒。送我的长篇小说《白茫》凸显了他异乎寻常的想象力，被评论家称为"南方细雨中的海子"。哦，海子，我钟爱的诗人！乍见之下，他自信满满。他继承了曹先生的血脉，天生是写作的料子。我暗想，以观后效吧。不过，他那清秀的眉目、倜傥的举止倒是曹先生的真传。

一晃10余年过去，他果真不同凡响。网上的简介如下：盛慧，作家，艺评家。1978年生于江苏宜兴。民革成员。15岁开始发表作品，创作超过200万字，散见于《人民文学》《十月》《花城》《天南》等刊物。代表作有长篇小说《白茫》《闯广东》，中短篇小说集《水缸里的月亮》，散文集《风像一件往事》等。曾获广东小说奖、广东散文奖、广东青年文学奖、华语文学传媒大奖提名。系中国作家协会会员，广东作家协会理事，小说创作委员会委员，佛山市作家协会副主席，佛山市艺术创作院文学与戏剧创作部主任。

他近年问世的长篇小说《闯广东》受到如此的推介：媒体称之为“当下版的《平凡的世界》”。这是一本关于梦想的温暖之书，是献给奋斗者的诗篇，是一代人的烈火青春。全文曾在《十月》杂志头条刊发，其创作历时5年，几易其稿，曾入选中国作家协会重点扶持作品。单行本由花城出版社出版，2015年11月第一版，2016年3月第二版，目前总印数30800册。2015年11月，《十月》杂志、广东省作家协会等联合召开作品座谈会，文学界给予高度评价，认为作品的可读性、艺术性、思想性俱佳。同时，《人民日报》《中国文化报》《南方日报》《广州日报》《羊城晚报》《南方都市报》《华西都市报》《文学报》《长篇小说选刊》，及新华网、新浪网、

项纯丹与郁群、盛慧合影（从左至右）

搜狐网、网易网、凤凰网、光明网、新民网等100多家媒体予以推荐、报道和关注。

这位后人不仅为曹先生挣足了脸，还青出于蓝。

更值得称颂的是，曹先生的女婿、94岁高龄的郁群，在他夫人曹先生的女儿故世之后带领子女“不惜一切代价”收集曹先生的遗作，以示纪念。郁群是我尊敬的长辈，我自小叫他郁伯伯。他的豪气、大气、才气影响了我。他是老青年报人，又是激情洋溢的诗人。1947年郁伯伯毕业于暨南大学教育系，是郑振铎先生的学生。在大学学习期间，就积极参加进步文艺社团活动，曾在《东南日报》和《前线日报》等报刊上发表散文诗。1947年秋至1948年夏，随地下党去台湾教育并争取台湾青年，在屏东市三中和屏东师范学校任职，曾在台北《新生报》副刊“桥”上以笔名“田兵”发表诗歌和诗论。后来研究20世纪40年代台湾文艺创作的学者拿“田兵”诗作作事例，却不知“田兵”是大陆地下党派去的。当时，台湾地下党出叛徒，组织遭到破坏，幸亏有人告诉他，“快跑吧，再不跑就跑不掉了”。他总算死里逃生。这是一段刻骨铭心的往事。他于1950年国庆时写下长诗《台湾啊，我怀念着你》，晚年又捧出散文诗《留在台湾的爱》。

在父亲郁群的嘱咐下，曹先生外孙，排名老四的郁依群不辞辛苦找到曹先生的早期作品《诗人的书信》和根据歌德同名小说改编的《少年维特》剧本，用高价做成精致的书籍。郁伯伯二女儿郁小龙千里迢迢从甘肃赶到上海，与姐姐郁纯红、妹妹曹卫萍、弟弟郁依群在图书馆看其外公20世纪30年代图像模糊的电影，为出版曹先生文集出力。

郁伯伯说得恰如其分，曹先生“是座湖”。曹先生后人所做的，就是打捞美丽深沉的湖。不要小觑这一打捞，抹去历史的尘烟，还曹先生全貌，无疑为我们提供中国早期新文学之一斑，这便是其意义所在，也是我要为“血浓于水”的曹先生后人写上一笔的原因。

有人称曹先生是全能作家，其实他还具有演艺的才能，我们前面提到过他年轻时上过舞台，20世纪30年代又是位喜剧演员。如今，小时候唱歌得5分的郁依群参加社区合唱队，往台上一站，大有“曹雪松风采”。曹先生，你在天堂看到这一切，足以展露欣慰的笑容了吧。

参考文献：

1. 程季华主编，陈季华、李少伟、邢祖文编著．中国电影发展史．(初稿)第一卷．北京：中国电影出版社，1963.155. 吴贻弓主编．上海电影志．上海：上海社会科学院出版社，1999.121

2. 程季华主编，陈季华、李少伟、邢祖文编著．中国电影发展史．(初稿)第一卷．北京：中国电影出版社，1963.83

3. 曹懋唐．上海影坛话旧．上海文艺出版社，1987.121—122

4. 见曹惠芬：曹雪松与《杨贵妃》. 引自1993年12月3日《上海老年报·枫叶》，收《曹雪松电影剧作选》，香港文汇出版社，2006.

5. 程季华主编，程季华、李少伟、邢祖文编著．中国电影发展史．(初稿)第一卷．北京：中国电影出版社，1980.373

6. 吴贻弓主编．上海电影志．上海：上海社会科学院出版社，1999.237

7. 张俊祥、程季华主编．中国电影大词典．上海：上海辞书出版社，1995.

8. 陈玉堂编著．中国近现代人物名号大辞典．杭州：浙江古籍出版社，2005.69

作者简介：盛慧，作家，艺评家，系曹雪松曾外孙。1978年生于江苏宜兴。主要作品有长篇小说《白茫》《闯广东》，中篇小说集《水缸里的月亮》，散文集《风像一件往事》《屋溪河以北》，诗集《铺九层棉被的小镇》等。现为佛山市艺术创作院专业作家，中国作家协会会员，广东省作家协会理事，小说创作委员会委员，佛山市作家协会副主席，小说创作委员会主任。

命中注定的相遇

盛慧

我一直以为，我走上文学的道路是命中注定的事情，而我的出生，更像一部小说。

我的爷爷盛志烟是烟林中学的教师，他与原来的高等教育部部长、清华大学校长蒋南翔是同窗好友，同时他也是一名业余作家，曾以衣天的笔名创作过许多小说，而我的曾外祖父曹雪松是上海的著名编剧，是天一影视公司的台柱。有一次，我的曾外祖父回乡省亲，我的爷爷便慕名去拜访他，他们一见如故，交谈甚欢，随着交往的深入，最后竟促成了我父亲和我母亲的婚事。

只是，我一直没能见过我的曾外祖父。他晚年的时候，一直居住在上海，准确地说，是多伦路的小巷子里，与鲁迅、叶圣陶、丁玲、冯雪峰等住在同一条街道，与茅盾先生交往甚密。我总是喜欢把这些巷子，叫作上海的旧袜子。晚年的曾外祖父，一定很孤寂，但他却从来没有回到故里，这一点，令人费解。

他去世的时候，我7岁。我记得那天一大早，父亲和母亲就出门了，母亲给我做了几块韭菜饼和稀薄的糯米粥。我记得那天天气很好，暖融融的阳光，打在眼睛上，让人特别想睡觉。我坐在硬木椅子上，不知不觉就睡着了。醒来时，已是黄昏。屋子里还是我一个人，门被反锁了。屋子外面，温暖而安详。

天色接近灰暗的时候，双亲从外婆家回来了。他们站在门口的菜院前，我不知道他们在那里干什么，也不知道他们站了多久。我在一张红漆的桌子上玩自己的游戏：用钢笔、梳子、镜子、吸管、老虎钳作为角色的舞台剧。吃饭的时候，我才知道曾外祖父去世了。我记得，那几天我特别害怕，我不敢一个人到黑暗的房间里去，看见墙角的铁锹，都会发出一种幽蓝的光。

其实，那时关于曾外祖父，我知之甚少。我只知道，他一直住在上海，已经很老很老了。我没有去过上海，连县城都没有去过。之后的一段时间，家里并没有变化，母亲还是去服装厂上班，带来布料的气味。父亲还是在地里干活，带回一小袋马铃薯或者几支茭白。

过了大概一个月，舅舅运来了一些桌椅，我记得有两张朱漆的凳子，一张茶几，一张矮板凳，还有什么，我就记不清楚了。我知道，他留下了五斗橱和硬木沙发。后来，外婆还给我一本《圣经》，纸张发黄，像一片片发霉的饼干，上面有曾外祖父的字迹。

我的曾外祖母死得要早一些，那是一个彻骨的冬夜。她挎着包，准备到上海去。那时候，乡下在闹饥荒，曾外祖母已经很久没吃到大米了，平时吃的是红花团子。所谓红花团子，就是将红花搓成团，在面粉上滚一道，扔进煮沸的水里。她就是在那个冬夜，落进村口的池塘淹死的。她到底是失足，还是被人推下去的，已经成了一个谜团。

外婆家跟曾外祖母家，相隔一片神秘的桑园。穿过弯弯曲曲的羊肠小道，只需一刻钟就到了。6月中旬，枝条上挂满紫色的桑葚，那是我们的乐园，我们在桑园里一吃就是一个下午。没有人知道，我的曾外祖父有多少年没有回家了。

关于我曾外祖父的事，我知道的真的是少之又少，也许这就是时间的残酷。人过一世，就像是沙滩上的画，一次涨潮，就将它冲刷得干干净净。每次经过上海，总想去寻觅那条巷子，寻觅那幢日式的别墅。只是，我知道，那些旧房子，早已成为历史。除了回忆，没有第二条道路，通往从前。

一个无聊的下午，天色阴郁，空气很沉闷，汗水濡湿了衬衣。

我在网上输入了曾外祖父的名字——曹雪松，却有了意外的发现，1934年，他的代表作《王先生》上演，满城轰动，这是中国最早的喜剧电影，他既是编剧，又是剧中小陈的扮演者。接着，他又写出了《欢喜冤家》《红楼春深》《三女性》《热血青年》《满城风雨》等一系列作品。他的《雪茵书信》，影响深远，至今读来仍然感觉到流淌在字间的灼热情感，2007年1月中国青年出版社出版的《世间最美的情书》收录此文……

时间一下子就重叠了，我仿佛看见我的曾外祖父，想起他遥远的往事。我们的心灵相遇了，这是一次命中注定的相遇，我良久无言，因为我的血管里有他的血，我的心跳里有他的心跳。

作者简介：曹惠芬（1923—2005）系曹雪松长女，浙江大学英文系毕业，抗战时期加入中国共产党。中华人民共和国成立后长期从事新闻工作。

曹雪松和《杨贵妃》

曹惠芬

《新民晚报·夜光杯》中，王亦秋先生写的《“王先生”旧事》一文，谈及“小陈赵雪松”，赵姓系曹姓之误。

曹雪松先生20世纪30年代确曾参加演出过电影《王先生》中的小陈，不仅在国内演出过，而且，还曾应泰国剧院的邀请，去泰国演出过。不过，曹雪松先生一生在影剧事业方面所花的精力，主要还在于编剧。他的代表作之一《三女性》，1983年在《电影选刊》曾重新予以发表。曹雪松先生对历史颇有研究，20世纪50年代在虹口中学任历史教师，负责编写历史教师参考书的文化部分，后被错划为“右派”。他的晚年生活虽然贫困，但是，仍孜孜不倦地研究历史和电影创作，终于写成了电影剧本《杨贵妃》。

曹雪松先生把《杨贵妃》寄到广州，陶金看了十分赞赏，很想拍摄这个电影。可是，由于戏中场面较大，筹措经费困难，事情就此拖了下来。这个电影剧本，不仅把李、杨的爱情写得很有特色，而且把宫廷生活写得很有深度，比如在《贵妃出浴》这一场戏中，就把有关人物不同的心理矛盾，表现得极其细致，生动，感人。

曹雪松先生为了创作这个剧本，阅读、研究了大量史料，花费了许多心血，显然他太疲劳了。在他完成剧本之后不久，脑溢血去世，享年77岁。在他病危之际，他还念念不忘这个电影剧本，他对自己的女儿说：“我死之后，丧事从简，在我的墓碑上就写这么几个字——电影剧本《杨贵妃》的作者曹雪松之墓。”

1993年12月3日《上海老年报·枫叶》

作者简介：郁群，江苏宜兴人，暨南大学毕业，1948年进苏北解放区参军。从1951年起一直在上海新闻界工作，中共党员，主任记者，上海文学创作中心注册作家，离休干部。著有散文诗集《留在台湾的爱》，诗集《罗布泊之魂》，散文《追回青春》《45号花园变迁记》等。

贵在创新

——评介电影剧本《杨贵妃》

郁群

研读、学习前辈剧作家曹雪松的电影剧本《杨贵妃》，十分荣幸，受益很多。这里，谈一点学习认识。

这个剧本，有几个重要的创新：

第一，对唐明皇杨贵妃情爱的荒唐性，有突出生动的描写。

在剧本的引言中就明确地说：唐明皇与杨贵妃之间的情爱故事是“又凄艳，又荒唐的爱情悲剧”。这个悲剧的凄艳，许多作品早都描写过了，但是，它的荒唐常常被轻描淡写地一笔带过，甚至，还被美化成真挚的爱情。

唐明皇与杨贵妃情爱的荒唐性，首先是这两人之间的关系：父辈的唐明皇看中了儿媳杨贵妃。剧本在“贵妃出浴中”，对这一点有精彩的描写，即把寿王瑁在现场的惊慌、尴尬和无可奈何的心态，描写得十分生动，这实际是对唐明皇无耻看中寿王妃（即杨玉环）的一种深刻的批判。

当寿王妃杨玉环“浴罢出水”，唐明皇一眼看中，问高力士“她是谁”，高力士回答是“寿王妃”时，寿王瑁在旁顿时无限惊慌，不知如何是好，乃向其兄忠王亨求援：“王兄，这？”忠王示意他不要声张。这段对寿王无限惊慌的描写，深刻地表达了寿王对唐明皇昏庸、无耻及其专横无比的恐惧和无可奈何。接着，在妃嫔命妇向皇上分班朝贺时，唐明皇在杨玉环的艳色前失魂落魄，以及杨玉环作为寿王妃竟然“对皇上回面轻眛”，寿王对此实在看不下去，尽管他对皇上十分敬畏，仍忍不住“蹙眉”以对。这里的“蹙眉”，反映了寿王内心对父王的轻薄丑态和杨玉环的“卖弄”表示了极大的不满！

关于唐明皇在这一幕的丑恶表现，和杨玉环的“卖弄”美色，不只是寿王一人看得清清楚楚，在场的许多人都看得清清楚楚，如“高力士看在眼里，发出会心的微笑”，“梅妃在轻哂”，忠王亨装作不知道和宫女们在“窃窃私语”。总之，“每个人各怀着不同的心态，在思索着点什么，或探索点什么”。“思索”和“探索”什么呢？这个丑恶的情爱的一幕揭开的不只是一个荒唐的爱情故事，而是政治的腐败和国运的衰落。

关于唐明皇与杨贵妃爱情的荒唐性，从“出浴”开始，一连串地有着种种极其严重的表现。接着，便是寿王妃所谓“自愿”出宫，进庵堂，赐号“太真”，然后被送进皇宫，“定情”，定什么情？

一些文学作品歌颂唐明皇杨贵妃的爱情，甚至称颂这个爱情的“真挚”！然而，寿王妃刚变成杨贵妃，杨贵妃又把自己的姐妹介绍进宫，又和她们争风吃醋，接着又和梅妃争风吃醋，后被唐明皇逐出宫门。再哭哭啼啼回到皇帝身边，最后被赐死。皇帝身边不知有多少女人，有的被喜欢得多一点，有的被喜欢得少一点，谈不上真正的爱情！

第二，对唐王朝的腐败、衰落，有突出深刻的刻画。

唐明皇杨贵妃情爱故事的产生并非偶然，它产生在唐王朝腐败、衰落的基础上。在叙述这个故事时如何突出而又深刻地描写唐王朝的腐败、衰落的过程，这是至关重要的，也可以说，这才是叙述这个荒唐故事的价值所在。

这个剧本在这一点上有创新，它把杨贵妃命运的发展和悲惨的结局，与唐王朝政治、经济上的腐败衰落有机地结合在一起，十分清晰地展现在观众的面前。

一面是饿殍载道，民不聊生，另一面是王公国戚和贵妃姐妹们在宫中极尽奢靡，荒淫无度。

剧中悲惨的出卖儿女，割断亲情的场景："街头一角，一老农手里捧着几串钱，正在把身边一个面黄饥瘦的小孙女交给一个陌生的中年妇人。小女孩哭着不肯去。老农哄着孩子说：好孩子，你去，去了不会饿肚子，有饭吃。孩子仍哭着说：不，好爷爷，我要回家去！老农流着泪说：好孩子，别回去，回去要陪着全家饿死的。那个陌生妇人也来拉着小女孩的手说：小姑娘，别哭了，你跟着我去，有饭吃，还有糖果吃！小女孩挣脱那妇人的手，突然转过身去紧紧地抱住爷爷，说：我饿死也不去，好爷爷，好爷爷，快带我回家去！"这里的爷爷与小孙女的泪水和哭声，是贫苦百姓的泪水与哭声，是对封建王朝罪恶的控诉。

剧中奢华的极尽物欲豪赌的场景：

在贵妃院客厅，唐明皇领了杨贵妃姐妹们围着一张桌子坐下，桌上摆着骰子等物。明皇对众说：我做庄，你们快下赌注，多多益善。贵妃与她的姐妹们纷纷下赌注。结局是贵妃与姐妹们皆为明皇所败。明皇兴高采烈地用双手捞进桌上所有钱钞，同时对众笑着说：通吃！贵妃的姐妹们赌输后，有些懊丧，虢国夫人狡巧能言，佯说：连脂粉钱都输光了，以后都要变成黄脸婆了，这如何是好？明皇笑着说：不必叹苦经。说着，转身对随侍在侧的高力士说：即由内库岁给三位夫人万贯钱钞，作为脂粉之资，并可在乡间为三位妇人各置脂粉碾一轮（利用水力发动舂谷麦工具。高力士、李林甫和诸王公均有此经营，以获取红利）以资补贴。同时，明皇又对高力士询及杨国舅和三位夫人新建邸第事：还有，三位夫人新建邸第工程，进行得如何了？又说，邸第但力求壮丽，不计财力。这里描写的宫中挥金如土与上述民间忍痛卖去儿女以求温饱形成强烈对比，令人深感这个社会的丑恶与没落。

忠臣总会进谏，但由于唐明皇信任奸臣杨国忠、李林甫和高力士等人，政治腐败，冤案无数。当忠臣杨琨向唐明皇上奏百姓饥寒交迫的问题时，唐明皇皱着眉头讨厌这种上奏，说什么："事实呢？"

杨琨举了大量事实，可是，昏庸的唐明皇听了之后还在说什么“你要如实奏来”，似乎这些事实不算事实。当杨琨奏请皇上不要相信奸臣的话，唐明皇昏头昏脑地问：“奸臣在哪里？”剧本中有这样一段描写：杨琨看了高力士一眼说，“陛下身边就有！”高力士当即威胁杨琨说：“杨侍郎，不许胡言！如夹嫌诬告，要办欺君之罪！”唐明皇对杨琨的启奏显得很不耐烦状，他昏头昏脑地转身对高力士说：“这事究竟如何？都交给你去办！”高力士领旨，即用此机，向外高叫：“来人呀！”四卫士应声而至。高力士对他们下令：“把他杖逐出宫！”四卫士即把杨琨拉出去。高力士对着杨琨的背影冷笑。

这里把唐明皇的昏庸描写得多么透彻！他把查究奸臣误国之事交给奸臣去办，国运怎么能不衰败！

第三，对一些主要人物的性格描写有创新。

关于杨贵妃，作者写出了她性格上的发展，从一个本性善良、聪明、渴望幸福的姑娘（寿王妃），在权力斗争中转变成嫉恨、争宠，终于无可奈何地成为被迫自杀的悲惨贵妃。

所谓寿王妃“自愿”出宫做女道士，这是一个关键。寿王妃本来平安无事，在寿王宫中生活着，只因为她的美色被唐明皇看中，便被剥夺掉“寿王妃”的名位，并被送出宫当了女道士，这是权力安排下的一出“戏”，是为了把她送进宫去的一个过渡之计。这谈不上什么寿王妃的“自愿”，恰恰相反，她不愿自己的青春在道观中葬送，从这里开始深感权力的重要，有权力才能改变自己的命运。她不能不对自己从寿王妃突然变成女道士的现实感到无限惊异，悲痛！她一定会回顾自己的生活，寻找这个变异的原因。当她从种种迹象中知道自己即将被送进皇宫，成为皇帝身边的人时，她这才对自己当女道士这个“戏”的性质彻底明白了！她也许对自己当初“出浴”后对皇上的“回面轻睐”感到太天真，不知轻重利害，如果自己努力掩饰丽质，不被皇上发现该多么好啊！她对自己做一个寿王妃，并没感到不满，而是幸福的呀！现在，风浪这么大，从寿王妃要变成皇帝的人，这不要羞死人吗？前景到底如何谁又能预测？但是，皇帝的权力，谁敢不从！不从就是死。她要幸福，从没想过死，更没想到为谁去死。她不再是寿王妃了，已经是“女道士”了，皇帝要她，她当然得依从皇帝，她感到了“女道士”的妙处，也感到了权力的重要。她对权力的认识，也正是源于无法抗拒的权力。基于对这个人物性格的认识，杨贵妃在入宫前后的表现是：努力配合权力设计下的安排，处处“谢恩”，“谢陛下”，没有什么从“寿王妃”到“贵妃”的突出矛盾。

入宫这一晚的描写，非常细致得体，她与唐明皇的两句对话颇有特色。唐明和杨贵妃喝交杯酒，戏问：“今夕复何夕？”杨贵妃微笑着轻声回答：“共此灯烛光！”借用唐人诗句的答问，实在不一般，它不仅避开了一般的庸俗，而且生动地表现了她的教养和素质。

是的，尽管她是“寿王妃”出身，对宫中的氛围并不陌生，但是，她对皇宫和贵妃身份显得还是战战兢兢。当宫女念奴不小心打碎了一只花瓶时，她受到了惊吓：“念奴！这是皇上最喜爱的一只古董花瓶！你——”念奴吓得只管哭。她对宫女没有摆贵妃的架子，几乎像小姐妹一样一起吓得要命。这时唐明皇进来了，看到打碎的花瓶，怒喝道：“是谁打碎的？”贵妃诚惶诚恐地说：“启禀陛下，是臣妾不小心打碎了。”说着，很难过的样子。明皇转怒而抚慰地说：“这没什么，打碎了，也就算了，贤卿不必介意。回头我叫人到库房里再找一个出来就行。”念奴在一旁感激得落下泪来。这里把贵妃代人受过的善良，刻画得十分动人。

贵妃的妒忌是和姐妹们的情谊交织在一起的，这是令人惊异和感慨的，也使人进一步认识到了她本性的单纯。她在皇宫受到了无比的宠爱，过着福贵荣华的生活，她想到了姐妹们，也希望她们能过上这样的好日子，便奏请皇上把三姐妹接进宫来同乐，皇帝一口答应，便封她的三位姐妹为韩国夫人、虢国夫人和秦国夫人。接见时，皇帝被虢国夫人的美貌所迷惑，“不觉亲自起身扶她起来，又对视了一会儿，贵妃似有所觉，面上有些不愉之色”。这只是一个开始，以后，为了虢国夫人，特别是为了梅妃，妒忌，吃醋，引起皇帝的震怒，甚至一度把她逐出了宫。“三千宠爱于一身”，这是唐朝大诗人白居易的夸张描写和想象，事实上“三千”和“一身”就是一个矛盾，它不可能改变皇宫中淫逸的生活真相，这无关爱情。

杨贵妃在马嵬坡被赐死这一幕，写到了她对“罪”和罪以外的感悟，这样就完整地完成了这个人物性格的刻画。“贵妃到了佛堂，自知这是她最后的归宿地，情绪显然较前激动，一声佛爷，即哭倒在佛像前。少顷，抬头看佛像，似有所感地说：佛爷佛爷！我杨玉环罪孽深重，得此结局！今天国破家亡，我，我固有罪，想说什么，但喉间哽咽，语不成声，一时说不下去，只得放声大哭！”在这里，她第一次感悟到了自己的罪，这与国破家亡密切相关。同时，她还感悟到了罪以外的什么，她没有具体说出来，只说了半句：我固有罪，那半句后面应该是什么呢？很明显，对这“国破家亡”之大罪，她没法完全承担，甚至不能承担主要的责任。这是有道理的，一个贵妃，怎么能叫她负国家政治成败的主要责任呢？国家治理的成功与失败，其责任当然在执政者，唐朝政治当时腐败到这种地步，其主要责任当然在唐明皇和杨国忠、李林甫和高力士等人身上。杨贵妃听说哥哥杨国忠被杀，只吓得“心惊胆战”，此外，她还能多说什么呢？只说半句，是符合她当时的身份和认识的。

关于唐明皇这个人物性格的刻画，在如何处理杨贵妃最后的命运上，是一个关键。剧本没有避矛盾，让唐明皇在刀剑的威胁下，终于说了“只能让妃子自了吧”的话，而这句话与他在长生殿上面对杨贵妃立下的誓言“愿生生死死结为夫妇，永不分离”，形成尖锐对立，彻底揭露了这种誓言的虚伪性。是的，这种誓言的虚伪与这种情爱的荒唐是一致的，这也就使唐明皇这个人物的性格得到一个完整的塑造。有的文学剧本采取回避矛盾的手法，不让唐明皇说这个“杀”字，只是“掩面而走”，把杨贵妃丢给了手持刀枪的兵丁，好像这就可以减轻这位皇帝的责任似的。其实，这不仅不可能减轻这位皇帝的责任，而且，所塑造的艺术形象只能是一个虚假的“真挚爱情”的形象。

这个剧本还着力塑造了平民百姓家庭张小虎三代人被逼得走投无路终于参加马嵬坡兵变的形象，这是一个创新。

这是一个求生不得的场面：为了建设杨贵妃姐妹们的官殿，官府派人强占民田，强拆民房。张小虎的父亲张老汉抱住自己房子的一根柱子，愤愤地说："这是咱家世居几代的老屋，老汉宁可死在这里，也不离开它！"孙女小妹进来哭叫着："爷爷！爷爷！"

掌固对拆屋人坚决地下命令："拆！"

拆屋人拿起火钩、铁搭，张老汉这时仍抱着柱子不放，不觉迟疑起来。

掌固抢上去亲自动手，把火钩搭到屋梁上。

这时张小虎从外面回来，看到这危急情况，立即跑进去拉他父亲："爸爸！危险！"

老汉一松手，小虎赶快背着老父向屋外奔去，匆忙间，老父头上的一只旧毡帽碰落在屋内，跟随在他们后面的小妹哭着捡起地上的毡帽。

就在这时，轰然一声，屋子塌下来了，小妹也就被压在里面。

众人纷纷呼叫起来："救人！快救人！"

众人从屋内抬出小妹时，她遍身是伤，到处血迹斑斑，眼角还在流血。一会儿，小妹从昏迷中苏醒过来，她嘶哑着声音叫着："眼睛！哎哟，我的眼睛，我的眼睛！"

张小虎看到其女受重伤，心头一股怒火直往上冒，他转动着灼灼逼人的目光在搜寻和射向掌固身上，然后迈开脚步，一步一步地向他逼近。掌固看他来势汹汹，不自觉地向后倒退了一步。

小虎跨上一步，一言不发地朝他胸口就是一拳！

掌固狂叫："你反了吧？你敢打人！"正准备回手时，小虎对着他又是一拳！

两人开始扭打起来。

掌固远非张小虎的对手，不一会儿，小虎就把他打倒在地。

掌固爬起来，一面吹哨子，一面狂呼："来人呀！抓人！快来抓人！”

小虎再次把他打倒在地上，然后转身朝外走去。

这是一个走投无路的场面：

渭河便桥边，大队人马，行至河边，由便桥渡渭，后随众多宫娥百姓。杨国忠立马桥头监视，待宫车过后，即命放火烧桥：“烧！”盖欲烧断太子回銮之路。立即有人点火烧桥。

旋即火起，后随百姓，不得过河，哭声震天！

有冒火抢渡者！

有跳河逃生者！

有落水淹死者！

其中有张老汉扶一盲女在岸边哭喊！

队伍中有军士张小虎见此，拟离队去救其父女出险，但为监军所阻。

老父在呼喊：“小虎儿！小虎儿！”

盲女在哭喊：“爸爸！爸爸！爸爸！”边喊边走，落入水中，老父去救盲女，也落水而死。

这是一个兵变复仇的场面：

大队人马行至马嵬驿时，人马疲乏不堪，怨声载道。

六军驻马，队伍不整，弃甲卸盾，零乱满野。

陈玄礼穿行队伍间，已军令不行，无法整顿。

杨国忠趋视之，欲以丞相身份威胁众军前进，众军愤呼：“陈将军做主，杀此祸国奸贼，为众百姓申冤！”

杨国忠见势不妙，即欲逃走。张小虎满腔怒火，一把将他抓住，说：“你休想逃走！请陈将军下令。”

众呼：“请陈将军下令，杀死他！”

陈将军见众怒难平，即曰：“待我奏过圣上，再行定夺。”

众怒吼：“请陈将军立刻做主，杀死他！杀死他！”

张小虎首先举刀砍去！

接着众军一拥而上，把这个奸贼乱刀砍死！

剧本主要用这三个惊心动魄的场面，刻画了张小虎这个人物的性格和这个普通百姓家庭的毁灭。这个刻画创造有三个特点，第一，人物形象真实，生动。第二，它始终与主要人物杨贵妃的刻画创造相互配合，做出了有力的衬托，这就使得剧情变得丰厚，主题更加鲜明。第三，它揭示了马嵬坡兵变的本质。马嵬坡兵变无疑是杨贵妃故事的高潮，它的根本原因是什么？是封建王朝制度的腐败，经济凋落，民不聊生。所谓“兵变”者，实质就是“民变”，人民造反。张小虎这个形象，生动地说明了被压迫的百姓一步步起来造反的原因。马嵬坡“兵变”，由张小虎首先执刀砍向大奸臣杨国忠，这是一个精心设计，有着深刻揭露事件本质的意义。安禄山兵破长安，只是外因，这种外因是在皇朝制度本身腐败，经济凋落，民不聊生的情况下才能一时得逞的。剧中反映了统治者害怕安禄山，而人民群众却不怕安禄山，这是值得深深回味的。

剧本引言的开头第一句说：“《杨贵妃》是根据唐代大诗人白居易的著名长诗《长恨歌》，并参阅其他有关资料、传说，加以改编而成。”所谓“改编”，这是不愿以创新自居的说法，同时，也反映了剧作家对《长恨歌》的无比欣赏以及受到此诗的影响和局限。

曹雪松先生不仅是一位剧作家，同时也是一位历史学家。假如他能进一步冲破《长恨歌》主题的局限，凭着他丰富的历史知识和进步的历史观，他应当会在《杨贵妃》剧本中有更高的创新。

2003年秋

作者简介：郁小龙，甘肃省作家协会会员，著有诗集《花雨》，多次在银发网诗廊发表诗歌。

为劳苦大众呐喊

——电影歌曲《搬夫曲》诞生记

郁小龙

电影歌曲《搬夫曲》创作于1935年，是由著名音乐家冼星海作曲，著名影剧作家曹雪松作词，著名音乐家张曙演唱。这首歌曲反映了码头工人的苦难生活，发出了“快觉醒，要团结，把手拉紧，靠自己抗争”的呐喊，在当时上海工人中产生了较大影响。关于这首歌曲，冼星海留下了两段宝贵的文字。

翻开《冼星海全集》，可以读到冼星海在《创作杂记》中写下的一段话：“《搬夫曲》是借滑稽片《王先生到农村去》来发动工人起来抗战的。在上海帝国主义势力之下，只有利用滑稽片才能不被人注意。现在全国到处都欢迎这首曲。张曙亲自唱《搬夫曲》，这是纪念他的声音和他的为人的一首作品，当时只有他才能把工人的歌声唱出来。”

另一段文字，是冼星海在《追悼大众的歌手张曙先生》一文中，写道：“尤其当八一·三未爆发之前，他用歌声直接领导民众！他唱《搬夫曲》激起当时上海工人的爱国热情。”

从这两段文字可以看到《搬夫曲》创作的历史背景和影响力。冼星海创作的绝大多数作品都取材于现实生活，鲜明地表达着爱国、救亡、抗日的革命主题。他怀着满腔热血，用他那支有着杰出才华的音乐之笔，描述了深处战争灾难中的祖国，使我们能够借助音乐来了解那个年代里，中国民众的苦难、奋进和抗争。他的作品也因此成为我国现代音乐史上的宝贵遗产。

《搬夫曲》的词作者曹雪松毕业于上海大学，是受中国共产党领导的新文化运动影响的青年影剧作家。郑振铎先生和刘大白先生均为曹雪松1927年出版的新诗集作过序。电影《王先生到农村去》是一部滑稽片，由曹雪松编剧，根据叶浅予漫画《王先生与小陈》改编，曹雪松还在影片中主演小陈。在当时的历史条件下，像《搬夫曲》这样号召工人起来抗争的歌曲，只有放在滑稽片中才能不被注意。民族要生存，大众要解放，这是20世纪30年代的历史呼声。在神圣的抗战大旗下，中国文化界由爱国主义者、民主主义者到共产主义者，汇成了一条空前广大的战线。曹雪松用他的力笔写下了为劳苦大众呐喊的《搬夫曲》歌词。

歌曲的演唱者是著名音乐家张曙，一位卓有成就的作曲家，歌唱家，而且是一位卓越的社会活动家，是我国新音乐运动的奠基人之一。1935年春，冼星海告别在巴黎7年的留学生活，毅然回到灾难深重的祖国。当时，张曙已经是左翼音乐运动的负责人，他很快找到了冼星海，热情地邀他参加文艺界的各项活动。在张曙的操办下，左翼报刊为冼星海出了一个专刊，介绍他的经历和作品。不久，冼星海参加了中国共产党领导的歌曲作者协会，在这里认识了吕骥、任光、贺绿汀等人，他们都是后来为中国新音乐运动做出重要贡献的音乐家。张曙于1938年12月在日本侵略者轰炸桂林时不幸遇难。1940年9月3日，在重庆召开追悼张曙的纪念会上，周恩来在讲话中说："张曙先生和聂耳同为中国文化战线上的两员猛将……给全民的抗战起了很大的推动作用……这功绩是永远永远不可磨灭的。"

今天，重读《搬夫曲》，重读冼星海和张曙，重温那一代知识分子走过的路，将激励我们后来人为祖国富强，为民族复兴而不息奋斗，去谱写无愧于历史的新篇章。

作者简介：郁依群，日语翻译。

外公作品搜寻记

郁依群

一、苏州扫墓记

2016年3月的某天，父亲提出今年去家乡宜兴和桥扫墓时，顺便去苏州扫一下丈人曹雪松的墓地。因外公墓地是我父母亲1991年购买和安葬的，我们小一辈没去过，因此，事前我只能根据墓地地址“苏州吴县横泾公墓3区03排24号在导航“高德地图”上寻找定位。“4月5日的清明，一早我和老爸以及妻子钱丽娟一行3人开车从上海出发直奔苏州，路上非常顺利，一小时后下了高速公路。在接近墓区的吴中大道和木东路口，车辆变得非常拥挤，（后来才知道苏州人有一个习惯，清明上午必须完成扫墓任务。）大家争前恐后地往前挤。一位苏州女驾驶员的技术比较差，在我车的右后侧方吻了一下，于是，报警、拍照、定责任花费了20分钟。由于横泾墓地附近的停车位都满了，只能把车停在1.5公里外的停车场，然后用手推车推着父亲步行前往墓地。进入墓区向工作人员一打听，才知道横泾公墓很大，这里是1区和2区，3区在山的南面，即靠近刚才发生车辆磕碰的那个路口，这样又多走了半小时的路（事后才知3区是横泾公墓尧南墓区）。进入墓区后却又发现这个墓区不仅有3区，还有新3墓区和03墓区，那么曹雪松的墓究竟是在哪个区呢？我带着疑问询问了墓区工作人员，工作人员带我到办公大厅的公共查询电脑大屏幕前，告诉我说：“这里可以查询。”我说：“请您帮我查询。”于是他帮我输入号码进行查询，可这电脑不光速度慢，还怎么查询都没答案，就是一个摆设。还好，工作人员看我父亲年龄大，答应带我们去寻找，可他在墓区转来转去也寻找不到，后来他询问了墓区的扫地阿姨，才好不容易找到。

外公的墓是在面向南面的一小山坡上，比我想象中的干净，在阳光的照耀下，刻有“先父曹雪松之墓”的墓碑显得格外明亮，两棵小松树静静地屹立在墓碑两旁，就像两个忠实守护神。献上鲜花后，我们对外公说：晚辈看您来了，您一直惦记的电影剧本《杨贵妃》已经在2006年3月由香港文汇出版社出版发行了，请您放心吧！

二、外公复活了

扫墓完成后不久，4月19日的晚上，我父亲的好朋友梁宗禧老师通过微信转发来一篇题名为《曹雪松：一位被彻底遗忘的全能型文化人》的文章，内容主要是回忆我外公曾经编剧和演出的电影，以及撰写的小说、诗歌、散文和歌曲。阅读后，给我的第一感觉是，这么了解曹雪松的人应该是他的学生，因此我立即想与这位笔名为“雕刻时光”的作者进行联系。

但进入微信公众号搜索后就傻了眼，原来微信笔名叫“雕刻时光”的有150多位，哪位是我要寻找的呢？没有更好的办法，只能按顺序打开每一个“雕刻时光”的微信，观察是否有《曹雪松：一位被彻底遗忘的全能型文化人》这篇文章。

功夫不负有心人，在搜寻了30多位“雕刻时光”的微信后，终于寻找到了写这篇文章的“雕刻时光”，我当即给作者发了一短文，大概内容是：“我们是曹雪松的后代，阅读了您写的文章非常感动，决定出一本书纪念曹雪松，因需要资料，希望能联系上您。”令人高兴的是第二天“雕刻时光”就来电话联系了，原来作者真名叫关军，目前生活在大连，关先生告诉我，之前他并不认识曹雪松，一次周末在大连的跳蚤市场上，一本旧书《情人的信》引起了他的注意，那本书品相较差，摊主要价很高，完全不符合收藏标准，但直觉告诉他这本书有价值，首先它出版于1944年，当时大连处于日本殖民统治下，出版物大多是日文，中文书非常少，其次，出版该书的大连出版社和作者曹雪松都没听说过，一定程度上可以填补知识空白，所以，他当即买下了这本书，回家后在网上一查，果然这个版本的《诗人的信》确实少见，堪称孤本，当然更让他感到震撼的是曹雪松先生的多才和多产，无论是在写作、电影、话剧以及作曲等多个领域中都做出了可观的成绩，对于这么一个近乎全能的现代文人，他非常敬佩，于是在公众号上发表了这篇文章，纪念一下曹雪松先生。

虽然关军先生不是我外公的学生，不能提供更多的资料，但他的作为给了我一个非常重要的启示："网络查询。"因此，我立即上"孔夫子旧书网"输入曹雪松3个字查询，瞬间七八本曹雪松作品出现在我眼前，着实让我激动不已，立即动手买下了书信类小说《诗人的书信》《雪茵书信》，散文《红桥集》，诗歌《恋歌》，电影剧本《少年维特之烦恼》，以及《三民主义浅说》《国民革命的两大使命》《苏联的电影》。

与此同时，我开始上网查询曹雪松，结果查询到了以前我们的邻居项纯丹女士2008年10月21日在网上发表《追忆影剧老作家曹雪松》的文章，并且在读者评论中找到了一位可能是曹雪松的曾外孙，名叫"盛慧"的读者。我把以上的发现告诉了我的外甥张行，张行在网络上与盛慧取得联系后，证实了他母亲凌灿娟就是我母亲曹惠芬的妹妹曹惠英所生的女儿。张行对我说，互联网太厉害了，寻找曹雪松作品过程中，居然把多年失联的亲戚都寻找回来了。

妻子钱丽娟兴奋地说了一句非常经典的话："外公复活了。"

三、曹雪松作品搜寻记

虽然我通过网络购买到了外公的部分作品，但根据项纯丹女士发表文章中的作品目录，还缺少了一部分，特别是曹雪松的诗歌集《爱的花园》是我想急于找到的主要作品，于是，我想只有上海图书馆资料比较齐全，去那里查询也许会有收获。

4月22日我带上干粮和水出发了，目标上海图书馆。到了馆内办理完阅读卡后，上图书馆内网输入"曹雪松"3字后，立即有《诗人的书信》《红桥集》《少年维特》《溪边黄昏》等六七本书的目录出现在眼前，但失望的是没有我最想要阅读的诗集，我尝试着直接输入《爱的花园》，电脑仍然显示无该作品，带着失望我走进了近代文学作品阅览室，当我想借阅外公作品《溪边黄昏》时才被告知，图书馆为了保护这些年代较久的书，目前已将其拍成照片放入电脑供读者阅读，所以想阅读任何作品只需在阅览室内的电脑上输入作品名称或著作姓名即可。我找了一个靠窗的座位坐下，明知没有希望却心有不甘地向电脑内输入了“爱的花园”四个字，令我惊奇的是电脑的目录显示出：“《爱的花园》，诗歌集，作者曹雪楹。”打开一看，果然是曹雪松的作品，难怪我搜寻曹雪松没有该作品，原来是图书馆工作人员的失误，把外公的姓名输错了，而在近代文学作品阅览室外的电脑又无该记录。我当即向工作人员指出他们的录入错误，要求更改。

从这以后，我常常去上海图书馆查找外公作品足迹，有一天非常偶然地在《冼星海全集》的第二卷本中发现了冼星海关于创作《搬夫曲》过程的日记，这首由曹雪松作词，冼星海作曲，张曙演唱的《搬夫曲》是电影《王先生到农村去》的插曲，在当时为了不引起敌人的注意，故意选择了滑稽电影进行了创作，后来这首《搬夫曲》在劳苦大众中广为流传，留下了时代的烙印。

之后，远在千里之外的我二姐郁小龙从兰州赶回上海，动员我大姐、三姐一起奔赴上海图书馆，寻找我外公在20世纪30年代时编剧和演出的电影资料，在整个查询过程中，我们才真正感受到曹雪松在那个年代，确实是一位了不起的多才多艺、全能型的文艺作家。

曹雪松：一位被彻底遗忘的全能型文化人

雕刻时光

1

近一年来，中山公园的华宫一直处于改造状态，那里的旧货市场也日见凋敝。上周六上午去教育学院听完讨论，就顺便去看了看，发现华宫已经改造完毕，旧货市场也已恢复开放。不知道是因为天气好，还是因为大连艺博会开幕的原因，那天旧货市场的人格外多。逛了一圈，买了两本小书，一本是曹雪松的《诗人的信》，另一本是《岫岩资料本》。

《诗人的信》为大连义文书局印行，昭和十九年九月十九日印刷。昭和十九年即1944年，当时大连还处于日本殖民统治之下。在日本殖民统治期间，殖民统治当局对大连人实行奴化政策，学校使用日语教学，出版物以日文为主，中国人办的出版社规模大多都比较小，出版的书也很少，能保留到现在非常不容易。在我收藏的当时的出版物中，只有《唐诗三百首》《风凉集》等少数几种是中文出版物。所以这个版本的《诗人的信》，应该是极为罕见的。

2

上海电影圈中曾经的风云人物

说起曹雪松来，知道他的人可能并不多。在20世纪三四十年代的上海，他可是小有名气的风云人物，在写作、电影、音乐等方面的成绩都颇为可观。1995年出版的《中国电影大辞典》对他介绍如下：“曹雪松，编剧、演员。1934年任天一影片公司编剧兼演员。编写电影剧本《热血青年》《红楼春深》等。一度任新时代影片公司编剧。后曾在天一影片公司拍摄的影片《王先生奇侠传》《王先生生财有道》

中扮演重要角色。电影编剧：1934 年《热血青年》《舞宫春梦》《钟声响了》《红楼春深》《王先生的秘密》（与左明合作）。1935 年《王先生过年》《王先生到农村去》。1947 年《三女性》《满城风雨》。演出影片：1936 年《王先生奇侠传》《王先生生财有道》。”

3

《中国电影大辞典》没有注明曹雪松的出生年月，也没有提到他演的《王先生》，后来查看该辞典上的电影演员名单才明白——王先生一片中小陈的扮演者是曹锡松，而“曹锡松”和“曹雪松”系同一人。而《中国近现代人物名号大辞典》，也仅标注他出生于“清末至民国初”。

曹雪松从 1929 年春开始从影，那时他才 20 岁出头，从影时间长达 20 余年，曾与洪深、左明、高梨痕、文逸明、岳枫、朱石麟、汤杰、陆丽霞、范雪朋、黄耐霜、胡珊、陶金、许幸之、汤晓丹、李琳、陈娟娟、龚秋霞、白云等多位电影界名家共事，还曾与冼星海、沙梅合作过歌曲，冼星海作曲的《搬夫曲》、沙梅作曲的《船家女》都是由他作词。

4

曹雪松创作的第一部文学剧本是《新玉堂春》，创作《二孤女》（孤星，1931）、《铁链》、《钟声响了》（强华，1934）、《南湖船娘》、《王先生的秘密》（新时代，1934）、《王先生过年》（新时代，1935）、《王先生到农村去》（新时代，1935）、《此恨绵绵》等 10 多部影片，并在《王先生》《王先生的秘密》《王先生过年》《王先生到农村去》《王先生奇侠传》《王先生生财有道》等 6 部“王先生”影片中演“小陈”。抗战开始后，曹雪松又积极从事抗日演剧活动，创作《王先生抗战记》《王先生看报》《祖国的儿女们》等话剧，宣传全民抗日。抗战胜利后，曹雪松又创作了《热血男儿》《驼龙》《满城风雨》等多部具有进步意义的影片。

新文学创作领域中的全能型作家

除了创作电影剧本之外，曹雪松还积极从事小说、散文的写作，主要作品有《诗人的书信》(书信体小说)、《雪茵书信》(散文集)、《红桥集》(散文集)、《少年维特》(剧本)、《死者的情书》(长篇小说)、《爱的花园》(诗集)、《溪边黄昏》(短篇小说)、《火榴》(剧本，据苏联电影《党人魂》即《伏尔加的船夫》改写)、《苏联的电影》(人民百科丛书之一)、《电影编剧法》(电影小丛书之一)、《三民主义浅说》、《国民革命的两大使命》等。从这个简单的目录就不难看出，曹雪松的创作体裁和题材都非常广泛。

曾主编过《文化日报》副刊《夜莺周刊》和《絜茜》杂志的丁丁(丁嘉树)是曹雪松的同学兼好友,他在一篇题为《曹雪松》的文章中写道:曹雪松，原名曹锡松，是一位背叛了封建家庭的流浪诗人。他热烈地爱着自己的表妹吴克茵，却又深深感到自己没有能力使对方幸福，内心十分矛盾。他出过一部《雪茵书信》，便是两人的情书集。

1927年出版的《爱的花园》是曹雪松的一部新诗集，由上海群众图书公司刊行，刘大白、郑振铎两位大家亲自为该书作序。刘大白在序言中说：“他能将青年的热烈的爱赤裸裸地表现出来。”青年的热烈的爱啊！这是怎样值得赤裸裸地抒写的啊。青年们，你们的心也是燃着的爱的焰吗？在这爱的花园中是值得一次徜徉的。郑振铎先生则说：“很感到他的过去的生活。”过去的生活往往是值得憧憬的，作者以他的美好的技巧整个地呈现在读者眼前了。

从1930年起，徐志摩为上海大东书局主持编辑了13本一套的“新文学丛书”，曹雪松的《心的惨泣》名列其中。《诗人的书信》是一本书信体长篇小说，1933年现代书局初版。20世纪40年代，又先后以《诗人的信》《诗人书信》《诗人的书信》之名，在大连、沈阳等地出版。

“千秋万岁名，寂寞身后事”。杜甫对李白的感叹也同样适用于曹雪松，像他这样一位近乎“全能”的作家，长期以来却一直被遗忘。不但广大文学爱好者对他一无所知，近现代文学史对他也不提一字。中华人民共和国成立后，曹雪松几乎再无作品问世，20世纪80年代退休时，他只是上海虹口中学的一位普通历史老师。

虽然被收入了《中国近现代人物名号大辞典》《中国电影大辞典》，但是出版社似乎并没有兴趣搞清楚曹雪松的生卒年月。对于一位20世纪80年代刚刚去世的人来说，这多少有点不可思议。这背后隐藏着的秘密，是颇有些耐人寻味的。

编　后

在这本书即将付印之际，我们想讲这么几点：

第一，谢谢网上和各方面关心曹雪松先生及其作品的朋友们，没有你们的关心和帮助就没有这本书，我们再一次向你们表示衷心的感谢！

第二，在这本书中，曹雪松早年的一些重要的剧本没能刊出，因为没有找到。比如，抗战时期的话剧《祖国的儿女们》《王先生抗战记》，20世纪50年代初的抗美援朝话剧《陈菊仙之家》等。希望社会各界人士能继续关心这件事，帮助我们找到作品或提供线索，我们表示衷心的感谢。如果能找到这些剧本，当在本书再版时补上。

第三，《曹雪松文集》出版后，将在孔夫子网上书屋有售。

衷心感谢敦煌文艺出版社的大力支持。感谢项纯丹女士、李镛先生、关军先生对本书的重要帮助。

编　者

2016年12月